COLLECTION FOLIO

Fédor Dostoïevski

Un petit héros

Extrait de mémoires anonymes

Traduit du russe et annoté
par Gustave Aucouturier

Gallimard

Cette nouvelle est extraite du
Songe d'un homme ridicule et autres récits
(Folio Classique n° 4976).

Fédor Mikhaïlovitch Dostoïevski est né le 30 octobre 1821 à Moscou. Il perd ses parents précocement – sa mère en 1837, emportée par la maladie ; son père en 1839, assassiné par des paysans de son domaine. Engagé sur la voie d'une carrière militaire, il y renonce dès 1844, année où il compose son premier roman : *Les Pauvres Gens*, qui paraît en 1846, bientôt suivi d'autres récits (dont *Le Double, La Logeuse, Les Nuits blanches*). Membre du cercle libéral de Petrachevski, à Saint-Pétersbourg, il est arrêté en 1849, emprisonné et condamné à mort. Il sera gracié au pied du poteau d'exécution et déporté au bagne d'Omsk en Sibérie. Autorisé à regagner Saint-Pétersbourg en 1859, il y fait paraître les années suivantes – durant lesquelles il collabore également à la revue dirigée par son frère, *Le Temps*, et voyage en Europe – nombre de ses œuvres : *Souvenirs de la maison des morts* en 1862, *Carnets du sous-sol* en 1864, *Crime et châtiment*, *Le Joueur* en 1866. Criblé de dettes, dévoré par sa passion pour le jeu, il est affaibli par de graves crises d'épilepsie, mal dont il est victime depuis l'enfance. Paraissent encore *L'Idiot* (1868), *L'Éternel Mari* (1870), *Les Démons* (1871-1872), *Journal d'un écrivain* (1873-1881), *Les Frères Karamazov* (1880). L'écrivain s'éteint l'année suivante, le 28 janvier, à l'âge de cinquante-neuf ans.

Lisez ou relisez les livres de Fédor Dostoïevski en Folio :

L'ÉTERNEL MARI (Folio Classique n° 97)

LE JOUEUR (Folio Classique n° 893)

SOUVENIRS DE LA MAISON DES MORTS (Folio Classique n° 925)

LE DOUBLE (Folio Classique n° 1227)

LES NUITS BLANCHES – LE SOUS-SOL (Folio Classique n° 1352)

DOUCE – LE SONGE D'UN HOMME RIDICULE (Folio Bilingue n° 22)

LES FRÈRES KARAMAZOV (Folio Classique n° 2655)

L'IDIOT (Folio Classique n° 2656)

CRIME ET CHÂTIMENT *suivi de* JOURNAL DE RASKOLNIKOV (Folio Classique n° 2661)

CARNETS DU SOUS-SOL (Folio Bilingue n° 49)

LES DÉMONS (LES POSSÉDÉS) (Folio Classique n° 2781)

L'ADOLESCENT (Folio Classique n° 3128)

HUMILIÉS ET OFFENSÉS (Folio Classique n° 3951)

LES PAUVRES GENS (Folio Classique n° 4142)

LA FEMME D'UN AUTRE ET LE MARI SOUS LE LIT (Folio 2 € n° 4739)

LE SONGE D'UN HOMME RIDICULE *et autres récits* (Folio Classique n° 4976)

UN PETIT HÉROS (Folio Bilingue n° 203)

J'allais alors sur mes onze ans. On m'envoya passer le mois de juillet dans une propriété proche de Moscou, chez un parent à moi, T..., chez qui se trouvaient déjà une cinquantaine d'invités, ou même davantage, je ne me souviens pas, je ne les ai pas comptés. La maison était pleine de bruit et de gaieté. On aurait dit qu'il s'y donnait une fête commencée pour ne jamais finir. On aurait dit que notre hôte s'était juré de dissiper au plus vite son énorme fortune, et le fait est qu'il a récemment réussi à justifier cette hypothèse, c'est-à-dire à se ruiner totalement, à fond, jusqu'au dernier copeau. À chaque instant arrivaient de nouveaux invités. Moscou n'était qu'à deux pas, à portée de vue, en sorte que ceux qui s'en allaient ne faisaient que céder la place à d'autres, et la fête continuait. Les divertissements se succédaient sans interruption, et l'on en imaginait de nouveaux à l'infini. Tantôt c'étaient des sorties à cheval par groupes entiers, tantôt des promenades à pied dans la forêt ou au bord de la rivière, des pique-niques, des repas champêtres, des soupers sur la grande terrasse du logis, encadrée de trois rangées de fleurs précieuses dont le parfum emplissait l'air frais de la nuit, sous un brillant éclairage qui rendait nos dames, presque toutes fort jolies, encore plus charmantes avec leurs visages animés par les impressions de la journée, leurs yeux étincelants, les feux croisés de leur pétulante conversation coupée de rires sonores comme des clochettes ; des danses, de la musique, des chants ; si le ciel se couvrait, des jeux de société, tableaux vivants, charades, proverbes, un théâtre de salon, des diseurs, des conteurs, des faiseurs de bons mots.

Plusieurs personnes tranchaient nettement sur les autres et occupaient le premier plan. Il va de soi que la médisance, les potins allaient leur train, puisque sans eux rien ne va dans ce monde et des millions de gens, d'ennui, périraient comme des mouches. Mais comme j'avais onze ans, je ne remarquais guère alors ces personnes-là, ayant bien d'autres sujets d'intérêt ; ou tout au moins nombre de choses m'échappaient. C'est plus tard que bien des détails me sont revenus en mémoire. Seule la splendeur du spectacle pouvait alors frapper mes yeux d'enfant, et cette animation générale, cet éclat, ce bruit, tout cela qui était pour moi chose inouïe et jamais vue, me fit une telle impression que, dans les premiers jours, je fus comme perdu, et ma petite tête fut prise de vertige.

Je parle toujours de mes onze ans, et certes j'étais un enfant et rien de plus ; beaucoup de ces jolies femmes qui me caressaient ne songeaient même pas à se demander mon âge. Mais chose étrange, je ne sais quelle sensation que je ne pouvais comprendre s'emparait déjà de moi ; quelque chose remuait déjà dans mon cœur, qu'il n'avait encore jamais connu ni ressenti, mais qui le faisait par instants brûler et battre comme pris d'effroi, et une rougeur inattendue m'inondait fréquemment le visage. Il arrivait que je me sentisse honteux et même offensé des privilèges que me valait l'enfance. D'autres fois une sorte d'étonnement me subjuguait, et je me retirais quelque part où l'on ne pût me voir, comme pour me ressaisir et me remémorer quelque chose, quelque chose dont jusqu'alors, me semblait-il, je m'étais fort bien souvenu, que je venais soudainement d'oublier, et sans quoi je ne pouvais cependant plus paraître nulle part, ni même continuer d'être.

D'autres fois enfin, il me semblait qu'il y avait je ne sais quoi que j'avais dissimulé à tout le monde, mais dont je ne voulais parler à aucun prix et à personne, parce que j'en avais honte, moi petit homme, à en pleurer. Bientôt, au milieu du tourbillon qui m'environnait, j'éprouvai un sentiment de solitude. Il y avait bien là d'autres enfants, mais tous étaient ou beaucoup plus jeunes, ou beaucoup plus âgés que moi ; et puis ils ne m'intéressaient pas. Il ne me serait certes rien arrivé si je n'avais été mis dans une situation exceptionnelle. Aux yeux de toutes ces belles dames, je n'étais toujours que ce petit être indéterminé qu'elles aimaient parfois caresser et avec lequel elles pouvaient jouer comme avec une poupée. Il y en avait une surtout, une ravissante blonde à l'épaisse et somptueuse chevelure, une chevelure telle que je n'en ai jamais vu depuis et sans doute n'en verrai plus jamais : on aurait dit qu'elle avait juré de ne pas me laisser de repos. Autant me gênaient, autant l'égayaient les rires qui s'élevaient autour de nous, qu'elle provoquait à tout moment par ses brusques et fantasques boutades à mes dépens, et qui visiblement l'amusaient énormément. Dans une pension, parmi les écolières, on l'aurait certainement qualifiée de gamine. Elle était merveilleusement belle, et sa beauté avait quelque chose qui sautait aux yeux au premier regard. Et certes, elle n'avait rien de ces petites blondinettes effarouchées, blanches comme du duvet et mièvres comme des souris blanches ou des filles de pasteur. Elle était d'assez petite taille et légèrement replète, mais les traits de son visage étaient tendres, fins, dessinés à ravir. Il y avait dans ce visage quelque chose de fulgurant comme l'éclair, et d'ailleurs elle était tout entière comme le feu, vive, prompte, aérienne. Ses grands yeux largement ouverts semblaient jeter des étincelles ; ils scintillaient comme des diamants, et jamais quant à moi je ne changerais ces yeux bleus pétillants pour n'importe quels yeux noirs, fussent-ils plus noirs que la plus sombre prunelle andalouse ; ma jolie blonde valait certes bien cette fameuse brune qu'a chantée un excellent et célèbre poète, jurant par toute la Castille et en si beaux vers qu'il est prêt à se rompre les os pourvu qu'on lui permette seulement de toucher du bout du doigt la mantille de sa beauté. Ajoutez à cela que *ma* beauté était la plus gaie de toutes les beautés du monde, la plus rieuse écervelée, pétulante comme un enfant bien qu'elle fût mariée déjà depuis cinq ans. Le rire ne quittait pas ses lèvres, fraîches comme la rose matinale qui vient tout juste d'ouvrir aux premiers rayons du soleil son bouton vermeil et parfumé, humide encore des froides gouttelettes de la rosée.

Je me souviens que le lendemain de mon arrivée, il y eut au salon une représentation théâtrale d'amateurs. Le grand salon était, comme on dit, plein à craquer ; il n'y avait pas une place libre, et comme je ne sais quoi m'avait retardé, je fus contraint de jouir du spectacle debout. Mais la gaieté de la pièce m'attira de plus en plus en avant, et je parvins insensiblement jusqu'aux tout premiers rangs, où je me trouvai enfin accoudé au dossier d'un fauteuil occupé par une dame. C'était ma blonde ; mais nous ne nous connaissions pas encore. Et voici qu'inopinément j'eus sous les yeux ses belles épaules arrondies si séduisantes, pleines et blanches comme une écume laiteuse, encore qu'il me fût parfaitement indifférent de contempler d'admirables épaules féminines ou le bonnet à rubans couleur feu qui couvrait les cheveux gris d'une respectable dame du premier rang. Près de la blonde était assise une vieille fille mûre, de celles qui, comme j'ai eu l'occasion de l'observer plus tard, se nichent toujours le plus près possible de femmes jeunes et jolies, en choisissant celles qui n'aiment pas écarter d'elles la jeunesse. Mais il ne s'agit pas de cela ; je n'en parle que parce que la vieille fille en question remarqua ma contemplation, se pencha vers sa voisine et, avec de petits rires, lui chuchota quelque chose à l'oreille. La voisine se retourna, et je me souviens que ses yeux brillèrent devant moi d'un tel éclat dans la pénombre que, surpris, je tressaillis comme d'une brûlure. La belle me fit un sourire.

« Cela vous plaît, ce qu'on joue ? demanda-t-elle en fixant sur moi un regard malicieux et railleur.

— Oui, répondis-je sans cesser de la considérer avec une espèce d'émerveillement qui lui plut visiblement.

— Et pourquoi êtes-vous debout ? Vous allez vous fatiguer ; n'avez-vous pas trouvé de place ?

— Mais non, justement », répondis-je, plus intéressé du coup par le souci que la belle prenait de moi que par ses yeux pétillants, et me réjouissant très sérieusement qu'il se fût enfin trouvé un cœur compatissant à qui m'ouvrir de ma peine. « J'ai cherché, mais toutes les chaises sont occupées, ajoutai-je, comme si c'était à elle que j'avais lieu de me plaindre.

— Viens ici, me dit-elle vivement, prompte à la décision aussi bien qu'à toutes les folles idées qui passaient à travers sa tête fantasque, viens ici et assieds-toi sur mes genoux.

— Sur vos genoux ?... » répétai-je interdit.

J'ai déjà dit que mes privilèges commençaient sérieusement à m'offenser et à me faire honte. Or elle, comme pour se moquer, passait pour le coup toutes les bornes. Et moi, qui avais toujours été un garçon timide et pudibond, je commençais à être particulièrement emprunté devant les femmes : aussi fus-je terriblement gêné.

« Eh bien, oui, sur mes genoux ! Pourquoi ne veux-tu pas t'asseoir sur mes genoux ? » insista-t-elle, et elle commença à rire de plus en plus fort, jusqu'à rire enfin aux éclats, Dieu sait de quoi, peut-être de sa propre invention, ou bien de joie de me causer tant de confusion : c'est justement cette confusion qu'il lui fallait.

Je rougis et regardai avec embarras tout autour de moi, cherchant où m'échapper ; mais elle prévint mon mouvement et réussit à attraper ma main précisément pour m'empêcher de me sauver ; elle la tira à elle et soudain, de façon tout à fait inattendue et à mon extrême surprise, elle la serra à me faire mal dans ses petits doigts mutins et brûlants, et commença à m'écraser les phalanges avec une telle force que j'avais toutes les peines du monde à ne pas crier, et faisais les plus risibles grimaces. J'étais en outre terriblement étonné, stupéfait, épouvanté même, de découvrir qu'il y avait des dames assez bizarres et méchantes pour parler aussi futilement aux petits garçons et les martyriser de la sorte, sans raison et devant tout le monde. Il est probable que ma malheureuse figure reflétait l'étendue de ma stupeur, car la plaisante personne me riait au nez comme une folle, tout en continuant de pincer et d'écraser de plus en plus fort mes pauvres doigts. Elle était au comble du ravissement d'avoir réussi une bonne farce, d'avoir mis dans l'embarras un petit garçon et de l'avoir mystifié à fond. Ma position me mettait au désespoir. Tout d'abord, je brûlais de honte, car tout le monde à l'entour s'était retourné vers nous, les uns surpris, les autres riant, ayant compris tout de suite que la belle était encore en train de faire des siennes. D'autre part, j'avais affreusement envie de crier, car elle me broyait les doigts avec une espèce d'acharnement, justement parce que je ne criais pas ; or moi, en spartiate, j'étais résolu à supporter la douleur, par crainte, si je criais, de faire un scandale après lequel je me demande ce qu'il serait advenu de moi. À bout de désespoir, je finis par engager une véritable lutte et me mis à tirer de toutes mes forces ma main à moi : mais ma tortionnaire était beaucoup plus forte que moi. Enfin je ne pus me retenir, je poussai un cri : c'était ce qu'elle attendait ! À la seconde elle me lâcha et se détourna comme si de rien n'était, comme si quelqu'un d'autre et non elle venait de faire une gaminerie : tout à fait l'écolier qui, dès que le maître a le dos tourné, trouve moyen de faire quelque mauvais tour à un voisin, de pincer un petit camarade sans défense, de lui donner une chiquenaude, un coup de pied ou un coup de coude, et en un clin d'œil de se détourner, de reprendre une pose innocente, de mettre le nez dans son livre en affectant de piocher sa leçon, en sorte que le maître qui a voulu fondre comme un épervier sur l'auteur du bruit en est pour ses frais de vain courroux.

Mais j'eus la chance que l'attention générale était retenue à cette minute par le jeu magistral du maître de céans, qui tenait le principal rôle dans la pièce représentée, une comédie à la Scribe. Tout le monde applaudit ; à la faveur du bruit, je me glissai hors de la rangée de chaises et m'enfuis à l'autre bout de la salle, dans l'angle opposé, d'où, caché derrière une colonne, je pus regarder avec terreur l'endroit où était assise la perfide beauté. Elle n'avait pas cessé de rire, son mouchoir devant la bouche. Et elle fut longtemps encore à se retourner en arrière, me cherchant dans tous les coins, regrettant sans doute vivement que se fût si vite terminée notre folle escarmouche, et méditant le bon tour qu'elle pourrait encore jouer.

Ainsi commencèrent nos relations, et à partir de ce soir-là elle ne me lâcha plus d'un pas. Elle ignorait dans sa poursuite toute mesure et tout remords, elle se fit mon persécuteur et mon tyran. Tout le comique de ses facéties à mes dépens se résumait à ce qu'elle faisait semblant d'être éperdument amoureuse de moi et me malmenait aux yeux de tous. Il va de soi que le véritable jeune sauvage que j'étais en aurait pleuré de peine et de rancœur, au point que plusieurs fois mon ressentiment fut si sérieux que pour un peu je me serais battu avec ma perfide adoratrice. Mon naïf désarroi, ma détresse éperdue semblaient lui donner des ailes pour parfaire mon martyre. Elle ignorait la pitié, et j'ignorais comment lui échapper. Les rires qui retentissaient autour de nous, et qu'elle savait au besoin exciter, l'excitaient à son tour à de nouvelles taquineries. Mais on finit tout de même par trouver ses plaisanteries poussées un peu trop loin. Et en vérité, quand le souvenir m'en revient maintenant, elle dépassait la mesure dans ce qu'elle se permettait avec le gamin que j'étais.

Mais tel était son caractère : elle avait tout de l'enfant gâté. J'ai appris plus tard que celui qui l'avait le plus gâtée était son propre mari, un homme très gros, très bas sur pattes et très rouge, très riche et très actif, au moins à le voir : remuant, tracassé, incapable de rester deux heures en place. Chaque jour il se rendait à Moscou, quelquefois même deux fois dans la même journée, et toujours, assurait-il, pour affaires. Il était difficile de trouver plus jovial et plus bonhomme que cette physionomie à la fois comique et cependant toujours correcte. C'est peu de dire qu'il aimait sa femme jusqu'à la faiblesse, jusqu'à faire pitié : il l'adorait littéralement comme une idole.

Il ne la gênait en rien. Elle avait une multitude d'amis et d'amies. Premièrement, rares étaient ceux qui ne l'aimaient pas, et deuxièmement, l'évaporée elle-même n'était pas excessivement difficile dans le choix de ses amis, quoiqu'il y eût dans son caractère beaucoup plus de sérieux qu'on ne pourrait le supposer à en juger d'après ce que je viens de raconter. Mais de toutes ses amies, celle à qui elle réservait sa plus grande affection était une jeune dame, sa lointaine parente, qui se trouvait alors aussi dans notre société. Il y avait entre elles une sorte d'attachement tendre, raffiné, de ces attachements qui naissent parfois de la rencontre de deux caractères, souvent diamétralement opposés l'un à l'autre, mais dont l'un est plus strict, plus profond, plus pur que l'autre, tandis que l'autre, avec une haute humilité et un noble sentiment de ses propres limites, se soumet amoureusement au premier, dont il ressent la supériorité sur lui-même et dont il enferme l'amitié dans son cœur comme un bienfait. Alors s'établit ce tendre et noble raffinement dans les rapports que nouent de pareils caractères : affection et indulgence infinies d'un côté, affection et respect de l'autre, respect qui va jusqu'à une espèce de peur, de crainte de déchoir aux yeux de celui qu'on estime si haut, jusqu'à un désir jaloux, avide, d'approcher plus près de son cœur à chaque pas qu'on fait dans la vie. Les deux amies étaient du même âge, mais il y avait entre elles une immense différence en tout, à commencer par la beauté. Mme M... était elle aussi très belle, mais sa beauté avait quelque chose de particulier qui la distinguait nettement de la foule des jolies femmes ; il y avait dans son visage quelque chose qui attirait irrésistiblement toutes les sympathies, ou pour mieux dire qui éveillait en celui qui la rencontrait une sympathie élevée, ennoblie. Il y a des visages qui ont ce bonheur. À côté d'elle chacun se sentait en quelque sorte mieux, plus à l'aise, plus au chaud, et cependant ses grands yeux tristes, pleins de feu et de force, avaient un regard craintif et inquiet, comme sous l'empire de la peur constante de quelque chose d'hostile et de menaçant, et cette étrange timidité couvrait parfois d'une telle mélancolie ses traits doux et calmes, qui évoquaient les lumineux visages des madones italiennes, qu'en la regardant on se sentait bientôt pris de la même tristesse que si son chagrin eût été aussi le vôtre. Ce visage pâle, amaigri, sur lequel, à travers l'irréprochable beauté des lignes pures et régulières et la mélancolique austérité d'une sourde détresse cachée, transparaissaient si souvent les traits radieux de la première enfance, image des confiantes années encore toutes proches et peut-être d'un candide bonheur ; ce sourire calme mais incertain, hésitant – tout cela vous saisissait de tant d'intérêt spontané pour cette femme, que dans le cœur de chacun naissait involontairement une douce et chaude sollicitude, qui même à distance parlait haut pour elle et la rendait proche au plus indifférent. Mais la belle jeune femme paraissait taciturne, renfermée, bien qu'il n'y eût certes personne de plus attentif et de plus aimant envers quiconque avait besoin de compassion. Il y a des femmes qui sont dans la vie comme des sœurs de charité. On peut devant elles ne rien cacher, du moins rien de ce qui fait mal et saigne dans l'âme. Celui qui souffre peut hardiment et avec espoir aller à elles, sans crainte d'être importun, car peu d'entre nous savent ce qu'il peut y avoir d'amour infiniment patient, de commisération et d'indulgence sans bornes dans certains cœurs féminins. D'immenses trésors de sympathie, de consolation, d'espérance reposent dans ces cœurs purs, si souvent blessés eux aussi, car un cœur qui aime beaucoup souffre beaucoup, mais qui dissimulent soigneusement leur blessure aux regards indiscrets, car le chagrin profond le plus souvent se tait et se cache. Eux, la blessure des autres ne les rebute ni par sa profondeur, ni par sa suppuration, ni par sa puanteur : qui vient à eux, c'est qu'il en est digne ; ils sont comme nés pour le sacrifice… Mme M… était grande, souple et bien faite quoiqu'un peu mince. Tous ses mouvements étaient comme inégaux, tantôt lents, harmonieux et même non sans gravité, tantôt enfantinement prompts, et l'on sentait cependant dans ses gestes une sorte de douce humilité, quelque chose de palpitant et sans défense, qui ne demandait pourtant protection à personne.

J'ai déjà dit que les blâmables assiduités de la perfide blonde me faisaient honte, me froissaient, me blessaient jusqu'au fond du cœur. Mais il y avait à cela une cause secrète, étrange, sotte, que je dissimulais, qui me faisait trembler comme un avare sur son trésor, et à la seule pensée de laquelle – seul à seul avec ma tête chavirée, caché dans quelque coin bien sombre où ne pouvait atteindre le regard inquisiteur et moqueur d'aucune friponne aux yeux bleus –, à la seule pensée de laquelle j'avais le souffle coupé de confusion, de honte et d'effroi… Disons le mot : j'étais amoureux. Mettons que je viens de dire une sottise : cela ne pouvait pas être ; mais pourquoi alors, de toutes les personnes qui m'entouraient, une seule captivait-elle mon attention ? Pourquoi était-ce la seule que j'aimasse suivre du regard, bien qu'il m'intéressât fort peu alors de lorgner les dames et de lier connaissance avec elles ? Cela arrivait le plus souvent les soirs où le mauvais temps renfermait tout le monde dans les chambres et où, tapi tout seul dans un angle du grand salon, je promenais mes regards sans objet, de côté et d'autre, faute de trouver aucune autre occupation, car, à l'exception de mes persécutrices, on m'adressait peu la parole, et de pareilles soirées ne m'apportaient qu'un insupportable ennui. Alors j'examinais les personnes qui m'entouraient, j'écoutais leurs conversations, souvent sans y comprendre un mot : et c'est à ce moment-là que les calmes regards, le doux sourire et le beau visage de Mme M… (car c'était elle) arrêtaient, Dieu sait pourquoi, mon attention fascinée, et rien ne pouvait plus effacer l'impression étrange, indéfinie mais inconcevablement délicieuse que j'éprouvais. Souvent des heures entières j'étais comme si je ne pouvais me détacher d'elle ; je retenais chacun de ses gestes, chacun de ses mouvements, je prêtais l'oreille à chaque vibration de sa voix pleine, argentine, mais un peu étouffée, et – chose étrange ! – ce que je gardais de toutes mes observations, c'était, en même temps qu'une craintive et douce sensation, une espèce d'indéfinissable curiosité. C'était un peu comme si j'avais essayé de pénétrer je ne sais quel secret…

C'est en présence de Mme M… que les moqueries me faisaient le plus souffrir. Ces moqueries et agaceries qui faisaient rire les autres, moi, elles m'humiliaient. Et il arrivait que voyant tout le monde, même parfois, malgré elle, la belle Mme M…, s'amuser à mes dépens, désespéré, à bout d'amertume, je m'arrachais à mes tortionnaires et me sauvais en haut, dans ma chambre, où je restais en sauvage tout le reste de la journée, n'osant plus me montrer au salon. Au demeurant, je ne comprenais encore moi-même ni ma honte ni mon émotion : tout ce que j'éprouvais échappait à ma conscience. Je n'avais pas encore échangé deux mots avec Mme M…, et certes je n'en aurais pas pris l'initiative. Mais voilà qu'un soir, après une journée particulièrement insupportable, je me trouvai, après la promenade, séparé des autres, terriblement las, et je rentrai en traversant le jardin. Sur un banc, dans une allée isolée, je vis Mme M… Elle était là seulette, ayant apparemment choisi exprès cet endroit écarté, la tête inclinée sur la poitrine en chiffonnant machinalement un mouchoir. Elle était tellement plongée dans ses pensées qu'elle ne m'avait même pas entendu approcher.

Quand elle me remarqua, elle se leva vivement, se détourna, et je la vis porter à la hâte son mouchoir à ses yeux. Elle pleurait. Après s'être essuyé les yeux, elle me sourit et prit avec moi le chemin de la maison. Je ne me rappelle pas de quoi nous parlâmes ; mais à chaque instant elle m'écartait sous différents prétextes : tantôt elle me demandait de lui cueillir une fleur, tantôt d'aller voir qui passait à cheval dans l'allée voisine. Et dès que je me trouvais éloigné d'elle, elle portait de nouveau son mouchoir à ses yeux, et essuyait les larmes indociles qui lui refusaient le repos, se gonflaient dans son cœur et se déversaient sans cesse de ses pauvres prunelles. Il ne m'échappait pas que je lui étais à charge puisqu'elle m'éloignait si fréquemment, et elle-même avait bien vu que j'avais remarqué ses larmes, mais elle ne pouvait pas se retenir, et j'en avais le cœur encore plus navré pour elle. J'étais fou de rage contre moi-même en cet instant, je me maudissais de ma gaucherie et de mon manque de présence d'esprit : mais je ne savais pas comment la quitter avec aisance et sans lui laisser voir que j'avais été témoin de son chagrin ; je marchais à côté d'elle, plein d'une surprise attristée, et même d'effroi, complètement désorienté et incapable de trouver un mot pour soutenir notre languissante conversation.

Cette rencontre m'avait tant impressionné que toute la soirée, à la dérobée, j'épiai avec une avide curiosité Mme M..., et ne la quittai pas des yeux. Il arriva de la sorte qu'elle surprit deux fois mes regards trop attentifs ; la seconde fois qu'elle me remarqua, elle me sourit : ce fut son seul sourire de toute la soirée. La tristesse n'avait pas quitté son visage, qui était maintenant très pâle. Elle passa le temps à s'entretenir à mi-voix avec une dame d'âge mûr, personne revêche et querelleuse, que tout le monde détestait pour son espionnage et ses commérages, mais que tout le monde craignait aussi et se sentait obligé de flatter bon gré mal gré...

Vers neuf heures arriva le mari de Mme M… Je l'avais jusqu'alors observée avec beaucoup d'attention, les yeux rivés sur son visage tout triste ; au moment de l'entrée inattendue de son mari, je la vis frémir toute, et son visage déjà pâle devenir soudain plus blanc que son mouchoir. Cela sautait tellement aux yeux que d'autres le remarquèrent : j'entendis à côté de moi les bribes d'une conversation, ou plutôt je devinai qu'on disait que la pauvre Mme M… n'était pas très bien. On disait que son mari était jaloux comme un Arabe, non par amour mais par vanité. C'était avant tout un « Européen », un homme « moderne », qui avait une teinture d'idées nouvelles et s'en targuait. D'aspect, c'était un monsieur brun, grand et assez solidement bâti, aux favoris à l'européenne, au visage vermeil et content de lui, aux dents blanches comme du sucre et à l'irréprochable prestance de gentleman. On le qualifiait *homme d'esprit*. C'est ainsi que l'on qualifie dans certains milieux une espèce particulière d'humanité engraissée aux dépens d'autrui, qui ne fait exactement rien, qui ne veut exactement rien faire, et qui à force de paresse et d'oisiveté porte à la place du cœur un morceau de graisse. On les entend à chaque instant proclamer que s'ils n'ont rien à faire, c'est par suite d'on ne sait quelles circonstances contraires fort embrouillées, qui « harassent leur génie », et que pour cette raison ils « font peine à voir ». Telle est la phrase pompeuse dont ils se couvrent, leur **mot d'ordre*[1], leur devise et leur mot de passe, la formule que ces pansus bien nourris prodiguent à tout venant, et qui, rebattue depuis longtemps, n'est qu'inanité pure et tartuferie manifeste. Au reste, certains de ces lurons, qui soi-disant ne peuvent trouver que faire – ce que d'ailleurs ils n'ont jamais cherché –, n'ont pas de moindre prétention que de donner à penser à tout le monde que ce qu'ils ont au lieu de cœur, ce n'est pas de la graisse, mais bien au contraire, généralement parlant, quelque chose de *très profond* : plus précisément quoi, c'est ce que le plus habile chirurgien ne saurait dire, ne fût-ce que par politesse. La manière qu'ont ces messieurs de faire leur chemin dans le monde, c'est de mobiliser tous leurs instincts pour le grossier ricanement, la critique à courte vue et un orgueil démesuré. Comme ils n'ont rien d'autre à faire que de relever et rabâcher les erreurs et les faiblesses d'autrui, et comme il y a en eux très exactement autant de bon sentiment qu'en a reçu

1. Les mots précédés d'un astérisque et composés en italique sont en français dans le texte original.

en partage une huître, ils n'ont pas de peine, derrière de telles défenses, à traiter les autres en affectant une bonne dose de circonspection. Ils en font un sujet d'extrême vanité. Ils sont autant dire assurés, par exemple, que le monde entier, ou presque, est leur obligé ; qu'il est pour eux une poire pour la soif ; que tous les humains, sauf eux, sont des imbéciles ; que chacun est comme une orange ou une éponge qu'il leur appartient de droit de presser tant qu'ils ont besoin de jus ; que tout est à leur bon vouloir, et que ce louable ordre de choses s'est établi précisément parce qu'ils sont, eux, gens d'esprit et de caractère. Dans leur orgueil sans mesure ils n'admettent pas qu'il y ait en eux des défauts. Ils ressemblent à cette espèce courante de fourbes, Tartufes et Falstaffs-nés, qui se sont engagés si loin dans la fourberie qu'ils ont fini par se convaincre eux-mêmes qu'il est conforme à l'ordre des choses, pour ce qui les concerne, de vivre et de fourber ; qui, à force de persuader tout le monde de leur honnêteté, ont fini par se persuader eux-mêmes qu'ils sont en vérité d'honnêtes gens, et que leur fourberie même est acte d'honnêteté. Pour un jugement intime de leur conscience, pour une courageuse appréciation d'eux-mêmes, ils ne font jamais le poids ; il est d'autres choses pour lesquelles ils sont trop gros. Ce qui vient en premier pour eux, c'est toujours et en tout leur propre précieuse personne, leur Moloch et leur Baal[1], leur superbe *moi.* La nature entière, l'univers entier, ne sont rien de plus qu'un grandiose miroir, créé précisément pour que leur petite divinité s'y contemple sans trêve avec amour, et ne voie derrière elle rien ni personne : rien d'étonnant dès lors qu'elle voie toutes choses au monde sous un aspect si difforme. Ils ont en réserve une phrase toute faite pour tout, et – ce qui est de leur part le comble de l'habileté – la phrase la plus à la mode. Aussi bien eux-mêmes contribuent-ils à faire cette mode, en propageant à tous échos, à coups d'affirmations gratuites, l'idée dont ils flairent le succès. Car ils ont un sens particulier pour déceler au flair cette phrase à la mode et se l'approprier avant les autres, en sorte qu'on pourrait croire que c'est eux qui l'ont inventée. Ils ont tout particulièrement leur provision de clichés pour déclarer leur profonde sympathie à l'humanité, pour définir ce qu'est la plus judicieuse et la plus rationnelle philanthropie, enfin pour vitupérer sans répit le romantisme, c'est-à-dire bien souvent tout ce qui est beau et

1. *Moloch* et *Baal* : d'après la Bible, faux dieux auxquels sont adressés des sacrifices.

vrai et dont le moindre atome a plus de prix que toute leur engeance de limaces : mais c'est qu'ils refusent grossièrement de reconnaître la vérité dans sa forme aberrante, transitoire et inachevée, et rejettent tout ce qui n'est pas arrivé à terme et stabilisé, tout ce qui fermente encore. Ce genre d'homme bien nourri a vécu toute sa vie en goguette, servi à souhait, sans rien faire lui-même, et ne sait pas ce que toute œuvre coûte de peine ; aussi malheur à ce qui écorche de quelque rugosité ses confortables sentiments : c'est une chose qu'il ne pardonne jamais, n'oublie jamais, et dont il se venge avec volupté. Il ressort au total de tout cela que mon héros n'est ni plus ni moins qu'une outre gigantesque, enflée au-delà du possible, pleine de sentences, de phrases à la mode, de formules toutes faites en tous genres et tous styles.

Au demeurant, ce M. M… avait aussi sa qualité propre, il était un homme qu'on remarquait : c'était un bel esprit, beau parleur et bon conteur, et dans les salons un cercle s'assemblait toujours autour de lui. Ce soir-là en particulier il lui fut donné de faire impression. Il s'empara de la conversation ; il était en verve, gai, très en train, et forçait tout le monde à le regarder. Mme M… en revanche eut tout le temps l'air souffrante ; son visage était si triste que je m'attendais à chaque instant à voir perler de nouveau à ses longs cils les larmes de l'après-midi. Tout cela, comme je l'ai dit, me frappa et m'étonna à l'extrême. Je quittai le salon avec un sentiment d'étrange curiosité, et toute la nuit je rêvai de M. M…, moi qui jusqu'alors avais rarement eu des rêves absurdes.

Le lendemain matin de bonne heure, on m'appela à une répétition de tableaux vivants dans lesquels j'avais aussi un rôle. Tableaux vivants, représentation théâtrale, puis bal, le tout en un seul soir, étaient au programme d'une fête de famille – l'anniversaire de la fille cadette de notre hôte – avant laquelle il ne restait plus que cinq jours. Pour cette fête, presque improvisée, avaient été invitées de Moscou et des *datchas* des environs une centaine de personnes, si bien qu'il y avait beaucoup d'affairement, de tracas et de remue-ménage. La répétition, ou pour mieux dire la revue des costumes, avait été fixée à une heure inhabituelle, dès le matin, parce que notre metteur en scène, l'acteur connu R., ami et invité du maître de la maison, et qui par amitié pour lui avait consenti à se charger de la composition et de la mise en place des tableaux vivants, et en même temps de notre initiation, devait encore aller à la ville pour différents achats d'accessoires et pour les derniers préparatifs de la fête, si bien qu'il n'y avait pas de temps à perdre. Je participais à un tableau, en duo avec Mme M… : il s'agissait d'une scène de la vie médiévale, sous le titre : *La Châtelaine et son page.*

J'éprouvai un indéfinissable trouble en me retrouvant avec Mme M… à la répétition. Il me semblait qu'elle allait tout de suite lire dans mes yeux toutes mes pensées, tous les doutes, toutes les suppositions qui me peuplaient l'esprit depuis la veille. Il me semblait aussi que j'étais vaguement coupable à son égard, pour avoir surpris ses larmes et importuné son chagrin, et qu'elle allait malgré elle me regarder de travers, comme témoin indiscret et détenteur indésirable de son secret. Mais, Dieu merci, tout se passa sans anicroche : je ne fus même pas remarqué. Il est probable que ses pensées étaient loin de moi et de la répétition ; elle fut distraite, mélancolique et tristement songeuse ; il était visible qu'elle était tourmentée par quelque gros souci. Mon rôle terminé, je courus me changer, et dix minutes plus tard je sortais par la terrasse dans le jardin. Presque au même moment, Mme M… sortit aussi par une autre porte, et simultanément apparut, venant à nous, avec son air content de lui, son époux, qui rentrait du jardin : il venait d'y accompagner tout un groupe de dames, dont il s'était défait en le laissant aux mains de quelque **cavalier servant* en disponibilité. La rencontre du mari et de la femme était manifestement inopinée. Mme M..., je ne sais pourquoi, parut soudain embarrassée, et elle eut un mouvement à peine perceptible d'impatience. L'époux, qui sifflotait en marchant tout en caressant ses favoris d'un air profondément absorbé, fronça les sourcils en rencontrant sa femme, et il me revient maintenant qu'il l'examina d'un regard nettement inquisiteur.

« Vous allez au jardin ? demanda-t-il en voyant l'ombrelle et le livre qu'elle tenait à la main.

— Non, au bois, répondit-elle en rougissant légèrement.

— Seule ?

— Avec lui..., fit Mme M... en me montrant. J'aime me promener seule le matin, ajouta-t-elle d'une voix qui avait quelque chose d'inégal, d'indécis, la voix qu'on a quand on ment pour la première fois de sa vie.

— Hum... Et moi qui viens d'accompagner là-bas toute une compagnie. Tout le monde se réunit à la tonnelle pour dire au revoir à N... Il s'en va, vous savez... Il lui est arrivé je ne sais quel désagrément là-bas, à Odessa...

Votre cousine (il parlait de la blonde) ne fait que rire et presque pleurer à la fois, on ne sait pas très bien avec elle. Elle m'a dit d'ailleurs que vous étiez fâchée avec N..., pour je ne sais quoi, et que c'est pour cela que vous n'alliez pas aux adieux. Rien de grave, bien sûr ?

— Elle plaisante, répondit Mme M... en descendant les marches de la terrasse.

— Alors, c'est là votre **cavalier servant* quotidien ? dit encore M. M... avec un ricanement, en dirigeant sur moi son face-à-main.

— Le page de madame ! » criai-je, mécontent du face-à-main et du ricanement, et, en lui riant au nez, je sautai d'un coup trois marches de la terrasse...

« Bonne promenade ! » grogna M. M..., et il partit de son côté.

Il va sans dire que je m'étais tout de suite joint à Mme M... dès qu'elle m'avait montré à son mari, et que je faisais mine d'avoir été appelé déjà par elle une bonne heure auparavant, et de l'accompagner depuis déjà un bon mois dans ses promenades matinales. Mais j'étais incapable de comprendre pourquoi elle avait été tellement troublée et embarrassée, ni ce qu'elle avait en tête en recourant à son petit mensonge. Pourquoi n'avait-elle pas dit simplement qu'elle allait seule ? Du coup, je ne savais plus comment lever les yeux sur elle ; pourtant l'étonnement fut le plus fort, et malgré tout je me hasardai en toute candeur à regarder à la dérobée son visage ; mais de même qu'une heure plus tôt, à la répétition, elle ne fit attention ni à mes coups d'œil ni à mes muettes interrogations. Son visage, son agitation, sa démarche, trahissaient toujours le même tourment, la même préoccupation, mais encore plus manifestes et plus profonds. Elle se hâtait je ne savais où, pressant de plus en plus ses pas, et jetait au passage des regards inquiets dans chaque allée, chaque trouée du petit bois, dans la direction du jardin. Et, moi aussi, j'attendais quelque chose. Soudain retentit derrière nous le bruit d'une chevauchée. C'était toute la bande des cavalières et cavaliers qui venaient de prendre congé de ce N… si soudainement retiré de notre société.

Parmi les dames se trouvait aussi ma belle blonde, à qui M. M… avait fait allusion en parlant de ses larmes. Mais selon son habitude, elle riait aux éclats comme un enfant, et menait au grand galop un superbe cheval bai. Arrivé à notre hauteur, N… leva son chapeau, mais ne s'arrêta pas et n'échangea pas un mot avec Mme M… Toute la bande disparut bientôt à nos regards. Je levai les yeux sur Mme M… et faillis crier de surprise : elle restait sur place, blanche comme un linge, et de grosses larmes perlaient à ses cils. Nos regards se croisèrent par hasard : Mme M... s'empourpra, se détourna vivement et une inquiète contrariété se peignit à l'évidence sur son visage. J'étais de trop, pis que la veille, c'était clair comme le jour, mais que pouvais-je faire de moi ?

Brusquement Mme M..., comme prise d'une inspiration, ouvrit le livre qu'elle avait à la main, et, rougissant un peu, évitant visiblement de me regarder, me dit, comme si elle venait juste de s'en aviser :

« Ah ! c'est le deuxième volume, je me suis trompée ; s'il te plaît, va me chercher le premier. »

Le moyen de ne pas comprendre ! Mon rôle était terminé, et il n'y avait pas de manière plus directe de me signifier mon congé.

Je m'enfuis avec son livre et je ne revins pas. Le premier volume resta fort tranquillement sur sa table ce matin-là...

Mais j'étais on ne peut plus mal à l'aise ; le cœur me battait comme d'une constante frayeur. Je faisais tout pour éviter de rencontrer Mme M... En revanche, c'est avec une intense curiosité que je regardais désormais la suffisante personne de M. M..., comme s'il avait dû y avoir maintenant en lui quelque chose de particulier. Je renonce à comprendre de quoi était faite cette assez comique curiosité ; je me souviens seulement que j'étais singulièrement intrigué de tout ce qu'il m'avait été donné de voir ce matin-là. Mais ma journée n'avait fait que commencer, et elle devait être pour moi fertile en événements.

On dîna[1] cette fois-là très tôt. Une sortie récréative générale était projetée pour la soirée, pour aller assister à la fête d'un village voisin, et il fallait donc ménager le temps de se préparer. Depuis trois jours déjà je rêvais de cette sortie, dont je me promettais un infini de plaisirs. Tout le monde se trouva réuni sur la terrasse pour prendre le café. Je me glissai prudemment derrière les autres et me cachai derrière une triple rangée de fauteuils. J'étais poussé par la curiosité, et néanmoins je ne voulais à aucun prix paraître aux yeux de Mme M… Mais le hasard trouva bon de me placer non loin de ma blonde persécutrice. Il s'était ce jour-là produit avec elle un prodige, une chose impossible : elle était encore deux fois plus belle ; j'ignore comment et pourquoi cela arrive, mais ce genre de prodige n'est pas rare avec les femmes. Il y avait parmi nous, à ce moment, un nouvel invité, un grand jeune

1. *On dîna* : il s'agit du principal repas russe, généralement pris au milieu ou même vers la fin de l'après-midi.

homme pâle, soupirant attitré de notre blonde, qui venait juste d'arriver de Moscou, comme à point nommé pour remplacer N… qui venait de partir et dont la rumeur publique disait qu'il était éperdument épris de notre blonde beauté. Pour ce qui est du nouvel arrivé, il y avait longtemps qu'il était avec elle exactement dans les mêmes rapports que Benedict avec Béatrice dans *Beaucoup de bruit pour rien* de Shakespeare. Quoi qu'il en soit, notre beauté avait ce jour-là un extraordinaire succès. Ses plaisanteries et son bavardage étaient si ravissants, si tranquillement naïfs, si ingénument audacieux, il y avait tant de gracieuse confiance en soi dans sa certitude d'enchanter tout le monde, qu'effectivement elle ne cessait pas d'être l'objet d'une véritable adoration. Il y avait à demeure autour d'elle un cercle étroit d'auditeurs admiratifs et tenus sous le charme, et jamais elle n'avait été plus ensorcelante. Chaque mot d'elle suscitait l'émerveillement et l'extase, était relevé, répété de toutes parts, et pas une de ses plaisanteries, pas une de ses boutades ne tombait dans l'indifférence. Nul, semblait-il, n'eût attendu même de sa part tant de goût, de brillant et d'esprit. Tout ce qu'elle avait de meilleures qualités était d'ordinaire enrobé d'extravagance volontaire et d'espièglerie à tout prix, jusque presque à la pitrerie ; aussi les remarquait-on peu, et quand on les remarquait on n'y croyait pas, en sorte que son extraordinaire succès de ce jour-là fut accueilli de toutes parts avec des chuchotements passionnés de surprise.

Au reste, ce qui contribuait à ce succès était une circonstance particulière assez délicate, du moins à en juger par le rôle que jouait simultanément le mari de Mme M… La malicieuse jeune femme avait décidé – et il faut ajouter : pour le plaisir de presque tout le monde ou tout au moins pour le plaisir de toute la jeunesse – de le prendre pour cible de ses attaques les plus féroces, pour différentes raisons qu'elle jugeait probablement très importantes. Elle avait engagé avec lui un feu roulant de traits d'esprit, de railleries, de sarcasmes les plus imparables et insinuants, les plus perfides, compacts et lisses de toutes parts, tels qu'ils frappent dans le mille, mais qu'on ne sait par quel côté les saisir pour les renvoyer et qu'ils ne font qu'épuiser leur victime en vains efforts, l'enrager et la réduire au plus comique dépourvu.

Je ne saurais affirmer, mais je crois bien, que toute cette scène était préméditée et non improvisée. Ce duel acharné avait commencé dès le dîner. Je dis « acharné », car M. M… fut long à déposer les armes. Il lui fallut rassembler toute sa présence d'esprit, toute sa finesse, tout son rare à-propos, pour ne pas être battu à plate couture et réduit en poussière, et pour ne pas perdre tout à fait la face. L'assaut se déroulait sous les rires ininterrompus, inextinguibles de tous les témoins et participants ; pour lui en tout cas cette soirée ne ressemblait plus en rien à celle de la veille. On remarqua que Mme M... tenta plusieurs fois d'arrêter son imprudente amie, qui à son tour tenait absolument à parer le mari jaloux du costume le plus bouffon et le plus ridicule, et vraisemblablement du costume de Barbe-Bleue, à en juger par toutes les apparences, à en juger par ce qui m'est resté en mémoire, à en juger enfin par le rôle qu'il allait m'être donné de jouer dans cette escarmouche.

Cela se produisit soudain, de la manière la plus drôle, tout à fait à l'improviste, et, comme par un fait exprès, je me trouvais à cette minute exposé aux regards, ne flairant nullement le malheur, et oublieux même de mes toutes récentes précautions. Je fus subitement tiré au premier plan, comme ennemi juré et rival naturel de M. M..., en tant qu'éperdument, follement amoureux de sa femme, ce dont ma persécutrice se porta aussitôt garante sous serment, jurant qu'elle avait des preuves, et que pas plus tard que ce jour-là même, au bois, elle avait vu…

Mais elle n'eut pas le temps d'achever, je l'interrompis à la minute la plus fatale pour moi. Cette minute avait été si astucieusement calculée, si traîtreusement préparée pour amener la fin, le dénouement dans toute sa bouffonnerie, elle avait été si impayablement mise en scène, qu'une explosion de rire général, irrésistible, devait saluer cette ultime réplique. Et bien qu'à l'instant même j'eusse bien l'intuition que ce n'était pas à moi qu'était imparti le rôle le plus irritant, je fus néanmoins saisi d'un tel embarras, d'une telle exaspération et d'une telle frayeur que, étouffant de larmes, de détresse, de désespoir et de honte, je m'ouvris un passage à travers deux rangées de fauteuils, je m'élançai en avant et, tourné vers celle qui me tyrannisait, je criai d'une voix qu'entrecoupaient les pleurs et l'indignation :

« Vous n'avez pas honte… tout haut… devant toutes les dames… de dire une si vilaine fausseté ?… Comme une petite fille… devant tous les messieurs… Qu'est-ce qu'ils vont dire ?… Vous… une grande personne… et mariée !… »

Je ne pus en dire plus long : un tonnerre d'applaudissements retentit. Mon éclat déchaîna un véritable délire. La naïveté de mon geste, mes larmes, et surtout le fait que j'intervenais comme pour la défense de M. M..., tout cela déchaîna une si prodigieuse hilarité que moi-même, maintenant encore, à ce souvenir, je ne puis me retenir de rire... Je restai figé sur place, affolé d'effroi, puis, fusant comme une charge de poudre, cachant mon visage dans mes mains, je me précipitai dehors, bousculai en sortant le plateau que portait un laquais, et m'élançai dans l'escalier et dans ma chambre. J'arrachai la clé de l'extérieur et verrouillai la porte du dedans. Je fis bien, car on s'était lancé à ma poursuite. Une minute ne s'était pas écoulée que toute une bande de dames, et des plus jolies, assiégeaient ma chambre. J'entendais leurs rires clairs, leurs paroles précipitées, leurs voix, qui gazouillaient et s'égosillaient toutes à la fois comme des hirondelles. Toutes ensemble me priaient, me suppliaient de leur ouvrir ne fût-ce qu'une minute ; elles juraient qu'elles ne me voulaient pas le moindre mal, mais seulement m'embrasser à qui mieux mieux. Mais justement... quoi de plus effroyable que ce nouveau péril ? Je ne faisais que brûler de honte derrière ma porte, la tête enfoncée dans les coussins, et je n'ouvris ni même ne donnai signe de vie. Elles furent longtemps encore à frapper et à me prier, mais je fus insensible et sourd comme on peut l'être à onze ans.

Oui, que faire maintenant ? Tout était découvert, tout était mis au jour, tout ce que j'avais jalousement défendu et caché… La honte et l'opprobre fondaient sur moi pour jamais !… À la vérité, j'étais bien incapable de donner un nom à ce pour quoi j'avais tant peur et que j'aurais tant voulu garder secret ; il restait néanmoins que j'avais peur pour quelque chose, et que c'est de la découverte de ce *quelque chose* que j'avais jusqu'alors tremblé comme une feuille. La seule chose que j'eusse ignorée avant ce jour, c'était comment qualifier ce *quelque chose* : était-ce convenable ou inconvenant, glorieux ou infamant, louable ou blâmable ? Maintenant, ma souffrance et ma détresse me forçaient à reconnaître que c'était *ridicule* et *honteux* ! Je sentais bien d'instinct, en même temps, que cette condamnation était injuste, et inhumaine, et sommaire ; mais j'étais abattu, anéanti ; la conscience était en moi comme paralysée et empêtrée ; je n'avais la force ni de m'insurger contre cette condamnation, ni même de la discuter lucidement ; j'étais dans un brouillard ; je sentais seulement que mon cœur avait été inhumainement, sans vergogne, blessé à vif, et je fondais en larmes impuissantes. J'étais exaspéré ;

une indignation et un ressentiment bouillaient en moi que je n'avais jamais connus encore, parce que c'était la première fois de ma vie que j'éprouvais un chagrin sérieux, un affront, un outrage ; et c'était bien là la réalité, sans nulle exagération. Ce qui avait été grossièrement atteint dans mon âme d'enfant, c'était mon premier sentiment, encore informé et inexpérimenté ; ce qui avait été si tôt dénudé et insulté, c'était ma première pudeur, virginale et éthérée ; ce qui avait été tourné en dérision, c'était ma première et peut-être très sérieuse impression de beauté. Il est vrai que mes rieurs ne savaient ni ne pouvaient deviner grand-chose de mes tourments. Il y entrait pour moitié un élément secret que moi-même, jusqu'alors, je n'avais pas eu le loisir, j'avais même redouté d'analyser. Je demeurais couché sur mon lit, le visage dans les coussins, malheureux et désespéré ; je brûlais et frissonnais alternativement. Deux questions me suppliciaient : qu'avait vu, qu'avait précisément pu voir dans le bois, entre Mme M… et moi, mon indigne blonde ? Et d'autre part : comment, de quels yeux, de quel air pourrais-je maintenant regarder en face Mme M… sans mourir sur place de honte et de désolation ?

Un bruit inaccoutumé dans la cour me fit enfin sortir de ma demi-inconscience. Je me levai et m'approchai de la fenêtre. Toute la cour était encombrée d'équipages, de chevaux harnachés et de serviteurs affairés. Il semblait que tout le monde fût prêt à partir ; plusieurs cavaliers étaient déjà en selle ; d'autres invités prenaient place dans les voitures... C'est alors que je me souvins de la sortie projetée, et une inquiétude me gagna peu à peu ; je me mis à chercher attentivement dans la foule mon genet[1] ; mais le genet n'était pas là : on m'avait donc oublié. Je ne pus y tenir, et je courus tête baissée en bas, sans plus penser ni à des désagréables rencontres, ni à ma toute récente mortification...

Une terrible nouvelle m'attendait. Il n'y avait pour cette fois, pour moi, ni cheval à monter ni place dans une voiture : tout était pris, occupé, et je devais céder la place à d'autres.

Consterné de ce nouveau coup, je m'étais arrêté sur le perron et je regardais tristement la longue rangée des coupés, des cabriolets, des calèches où il n'y avait pas pour moi le moindre petit coin, et les élégantes cavalières sous lesquelles piaffaient les chevaux impatients.

Un des cavaliers était en retard. On n'attendait que lui pour partir. Son cheval était

1. Genet : cheval de petite taille.

au pied du perron, rongeant son frein, grattant le sol des sabots, frémissant et se cabrant à chaque instant. Deux garçons d'écurie le tenaient avec précaution par la bride, et tout le monde se tenait prudemment à respectueuse distance de lui.

Il s'était en effet produit quelque chose de fort fâcheux, en suite de quoi je ne pouvais pas monter. Outre que de nouveaux invités étaient arrivés et avaient pris toutes les places et toutes les montures, deux chevaux de selle étaient malades, et mon genet était l'un d'eux. Mais je n'étais pas seul à pâtir de ce contretemps : il apparut qu'il n'y avait pas de monture non plus pour le nouvel invité, ce jeune homme pâle dont j'ai déjà parlé. Pour parer au désagrément, notre hôte avait été contraint de recourir à sa dernière ressource : offrir son étalon, une bête farouche et à peine dressée, en mentionnant, pour l'acquit de sa conscience, qu'il était impossible de le monter et qu'on était depuis longtemps décidé à le vendre, à condition encore qu'on trouvât un acheteur, en raison de son caractère ombrageux. Mais l'invité averti avait déclaré qu'il était très bon cavalier, et qu'en tout cas il était prêt à monter n'importe quoi pourvu qu'il pût prendre part à la chevauchée. Le maître de maison n'avait pas insisté, mais il m'avait semblé voir errer sur ses lèvres un sourire ambigu et malicieux. Dans l'attente du cavalier qui s'était vanté de son art, lui-même ne s'était pas encore mis en selle, il se frottait les mains avec impatience en regardant constamment la porte. Quelque chose d'analogue avait même gagné les deux palefreniers qui maintenaient l'étalon et ne se tenaient plus de fierté d'être vus par tout ce public avec une bête capable de tuer un homme comme rien : le vague sourire de malice de leur maître se reflétait aussi dans leurs yeux, écarquillés d'attente et fixés comme les siens sur la porte où devait apparaître le téméraire nouveau venu. Enfin le cheval lui-même se conduisait comme s'il eût été de connivence avec son maître et ses servants : il prenait des airs orgueilleux et arrogants comme s'il avait senti que des dizaines d'yeux intéressés l'observaient et comme s'il se faisait une gloire de sa réputation de mauvaise tête, tout ainsi qu'un incorrigible mauvais sujet se fait gloire de ses tours pendables. On aurait dit qu'il défiait l'audacieux qui oserait porter la main sur son indépendance.

L'audacieux en question apparut enfin. Gêné de s'être fait attendre, et enfilant hâtivement ses gants, il avançait sans regarder, descendit les degrés du perron et ne leva les yeux qu'au moment de tendre la main vers le garrot du cheval rendu encore plus impatient par l'attente : il fut aussitôt tout interdit en voyant l'étalon se cabrer furieusement et en entendant les cris de mise en garde de toute l'assistance effrayée. Il fit un pas en arrière et considéra avec stupeur l'animal effarouché qui tremblait de tout le corps, renâclait de rage, roulait des yeux hagards et injectés de sang, se cabrait comme pour s'élancer dans l'air et emporter avec lui les deux hommes qui le maintenaient. Le jeune homme resta un moment éberlué ; puis, rougissant légèrement d'embarras, il leva les yeux, les promena sur l'assistance et les arrêta sur les dames tout effrayées.

« Un très beau cheval ! articula-t-il comme pour lui-même, et tout donne à penser qu'il doit être très agréable de le monter, mais... mais savez-vous ? Eh bien, je ne m'y risquerai pas, conclut-il en s'adressant à notre hôte avec le large et simple sourire qui seyait si bien à l'air de bonté et d'intelligence de son visage.

— Et je ne vous en crois pas moins un excellent cavalier, je vous le jure, répondit soulagé le propriétaire de l'intouchable cheval, en serrant avec chaleur et même avec gratitude la main de son invité, ne serait-ce que parce que vous avez vu au premier coup d'œil à quelle bête vous aviez affaire, ajouta-t-il avec dignité.

Le croirez-vous, moi qui ai servi vingt-trois ans dans les hussards, eh bien, j'ai déjà eu trois fois le plaisir de mordre la poussière par son bon vouloir, exactement autant de fois que je l'ai monté, ce… bon à rien. Tancrède, mon ami, les gens d'ici ne sont pas à ta mesure ; celui qui te chevauchera doit être quelque Ilya de Mourom[1], bien assis pour l'instant dans son village de Karatcharovo en attendant que tes dents tombent. Allons, ramenez-le ! Il a assez fait peur aux gens ! On l'a fait sortir pour rien », conclut-il en se frottant les mains non sans satisfaction.

Il faut noter que Tancrède ne lui était rigoureusement d'aucune utilité et qu'il l'entretenait pour rien ; bien plus, l'ancien hussard avait définitivement compromis avec lui sa réputation de connaisseur, en versant un prix fabuleux pour cet inapte fainéant, qu'on ne pouvait que montrer pour sa beauté… Il n'en était pas moins ravi, présentement, que son Tancrède eût fait honneur à sa dignité, démonté un cavalier de plus et conquis ainsi de nouveaux et absurdes lauriers.

« Comment, vous ne venez pas ? s'écria la blonde, à qui il fallait sans faute, cette fois-là,

1. Le paysan *Ilya de Mourom* resta, d'après la légende populaire russe, trente ans inactif (« assis ») dans son village avant de sentir sa « force de *bogatyr* » et d'entreprendre ses prouesses.

la présence à son côté de son **cavalier servant*, vous avez donc peur ?

— Ma foi, oui ! répondit le jeune homme.

— Vous parlez sérieusement ?

— Dites-moi, avez-vous donc envie que je me casse le cou ?

— Eh bien, alors, prenez mon cheval ; n'ayez pas peur, il n'y a pas plus doux. On va tout de suite changer les selles, ça ne nous retardera pas beaucoup. C'est moi qui vais essayer le vôtre ; il n'est pas possible que Tancrède soit toujours aussi impoli. »

Aussitôt dit, aussitôt fait : l'espiègle jeune femme avait déjà sauté à terre et s'arrêtait près de nous quand elle prononça les derniers mots.

« Vous connaissez bien mal Tancrède si vous croyez qu'il se laissera passer votre selle qui n'est pas faite pour lui ! Et puis c'est moi qui ne vous laisserai pas vous rompre le cou : ce serait vraiment trop dommage ! » déclara notre hôte, affectant en cet instant d'intime satisfaction, et selon son habitude de toujours, d'accentuer encore ce qu'avait déjà de tranchant et même de brutal, de façon apprêtée et étudiée, sa manière de parler : c'était, dans son idée, un trait qui devait dénoncer le vieux troupier bon et bourru, et cela devait particulièrement plaire aux dames. C'était une de ses lubies, sa marotte bien connue de nous tous.

« Eh bien, toi, tiens, le pleurnicheur, ne veux-tu pas essayer ? Toi qui avais tant envie de faire du cheval », me dit la vaillante écuyère en me voyant, et elle me désigna Tancrède d'un signe de tête narquois. Elle ne voulait en réalité qu'avoir le dernier mot, puisqu'elle était pour rien descendue de cheval, et ne pas me laisser sans quelque rosserie, puisque j'avais eu la mauvaise fortune de me trouver sous ses yeux.

« Toi, au moins, tu n'es sûrement pas comme… enfin, mettons, comme un certain héros, et tu auras honte de caner ; surtout quand on vous regarde, beau page », ajouta-t-elle avec un rapide coup d'œil à Mme M…, dont la voiture était la plus proche du perron.

La haine et le goût de la vengeance avaient inondé mon cœur quand la belle amazone s'était approchée dans l'intention de monter Tancrède… Mais je ne saurais dire ce que je ressentis à ce défi inattendu de la malicieuse jeune femme. Je vis rouge en surprenant le regard qu'elle avait lancé à Mme M… À la seconde une idée jaillit dans mon esprit… oui, ce ne fut qu'une seconde, moins qu'une seconde, comme un feu de poudre, ou bien peut-être la mesure était comble et ce fut une brusque révolte de tout mon esprit revenu à lui, en sorte que l'envie me vint soudain d'écraser d'un coup tous mes ennemis, de me venger de tout et en présence de tous en montrant sur-le-champ quel homme j'étais ; ou bien enfin j'eus par quelque miracle la soudaine révélation de l'histoire du Moyen Âge, dont je n'avais jusqu'alors pas la moindre notion, et ma tête s'emplit d'un tourbillon de tournois, de paladins, de preux, de gentes dames, de gloire et de vainqueurs, j'entendis les trompettes des hérauts, le cliquetis des épées, les clameurs et les applaudissements de la foule et parmi ces clameurs le faible cri d'un cœur alarmé qui chérit une âme fière plus que la gloire et le triomphe ; je ne sais plus si le vertige qui me prit fut alors peuplé de toutes ces sornettes ou, plus sensément, du pressentiment de ces sornettes encore à venir et inévitables ; mais je sentis que mon heure était arrivée. Mon cœur tressaillit, bondit, et je ne saurais plus dire comment, d'un saut, je fus au bas du perron et auprès de Tancrède.

« Ah, vous croyez que j'ai peur ? » criai-je fièrement et hardiment, aveuglé de colère, suffoquant d'émotion et empourpré au point que les larmes me brûlaient les joues. « Eh bien, vous allez voir ! » Et saisissant Tancrède par le garrot, je mis le pied à l'étrier avant que personne eût le temps de faire le moindre mouvement pour me retenir ; mais à l'instant Tancrède se cabra, jeta haut la tête, s'arracha d'un bond puissant aux mains des palefreniers pétrifiés et s'enleva comme le vent aux cris épouvantés de tout le monde.

Dieu seul sait comment je parvins à passer l'autre jambe en pleine course ; je renonce à comprendre aussi comment je ne perdis pas les rênes. Tancrède m'emporta jusqu'au portail, tourna court sur la droite et se lança impétueusement le long de la grille, sans faire attention à la route. À ce moment seulement j'entendis derrière moi la clameur de cinquante voix, et l'écho de cette clameur dans mon cœur défaillant fut un tel sentiment de joie et de fierté que je n'oublierai jamais cette folle minute de ma vie d'enfant. Tout mon sang remonta à ma tête, m'assourdit et inonda, étouffa ma peur. Je ne me connaissais plus. Il y avait réellement dans tout cela, à m'en souvenir maintenant, quelque chose de vraiment chevaleresque.

Au reste, toute ma prouesse avait commencé et s'acheva en moins d'un clin d'œil, sans quoi le preux eût mal fini. Et là aussi je ne sais trop comment je m'en tirai sans dommage. Je savais bien monter à cheval, on m'avait appris. Mais mon genet ressemblait plutôt à un mouton qu'à un coursier. Il va de soi que Tancrède m'aurait jeté bas s'il en avait eu seulement le temps ; mais, ayant galopé une cinquantaine de pas, il prit soudain peur d'une énorme pierre qui se trouvait au bord du chemin, et fit un brusque écart en arrière. Il fit demi-tour à la volée, mais si raidement, à corps perdu comme on dit, que c'est encore une énigme pour moi que je n'aie pas été projeté hors de la selle comme une balle et mis en morceaux à cinq ou six mètres de là, et que Tancrède, dans cette brusque volte-face, ne se soit pas démis les membres. Il s'élança de nouveau vers le portail, secouant furieusement la tête, bondissant d'un côté à l'autre, comme ivre de rage, ruant et se cabrant tour à tour et cherchant à chaque saut à me jeter à terre, absolument comme s'il avait eu sur l'échine un tigre cramponné à sa chair des dents et des griffes. Un instant de plus et j'étais culbuté ; je glissais déjà ; mais déjà aussi plusieurs cavaliers volaient à mon secours. Deux d'entre eux barrèrent la route des champs ; deux autres approchèrent au galop si près qu'ils m'écrasèrent presque les jambes en pressant Tancrède entre les flancs de leurs montures ; déjà tous deux le tenaient par les rênes. En quelques secondes nous fûmes au perron.

On me descendit du cheval, pâle, respirant à

peine. Je tremblais comme une herbe au vent, de même que Tancrède, qui restait immobile, tirant en arrière de tout le corps, comme s'agrippant des sabots au sol, soufflant lourdement une haleine enflammée de ses naseaux rouges et fumants, frémissant tout entier d'un léger tremblement et comme paralysé d'outrage et de colère de l'insolence impunie d'un enfant. Autour de moi s'élevaient des exclamations de confusion, de stupeur, d'effroi.

À ce moment mon regard errant rencontra celui de Mme M..., tout alarmée, toute pâle, et – c'est un instant que je ne puis pas oublier – mon visage s'inonda de rougeur, s'empourpra, brûla comme du feu ; je ne sais plus ce qui se produisit en moi, mais, confus et effrayé de ce que je ressentais, je baissai timidement les yeux. Mais mon regard avait été remarqué, saisi, dérobé. Tous les yeux se tournèrent vers Mme M..., et, prise de court par l'attention générale, elle rougit soudain elle aussi comme un enfant, d'une involontaire et naïve émotion, et à grand-peine, et sans beaucoup de succès, elle s'efforça de réprimer sa rougeur par le rire...

La scène, à la regarder en tiers, était certes fort comique ; mais c'est alors qu'une autre scène, tout ingénue et inattendue, me sauva du ridicule en donnant à toute l'aventure un coloris tout particulier. Celle qui avait été la cause de toutes ces émotions, celle qui avait été jusqu'alors mon implacable ennemie, ma belle tortionnaire, s'élança tout à coup vers moi pour m'embrasser. Elle avait regardé, n'en croyant pas ses yeux, comment j'avais osé accepter son défi et relever le gant qu'elle m'avait lancé avec son coup d'œil à Mme M… Elle avait cru mourir pour moi de peur et de remords quand Tancrède m'emportait. Maintenant que tout était fini, et que surtout elle avait surpris, avec tous les autres, le regard que j'avais jeté à Mme M…, mon trouble, ma brusque rougeur, maintenant qu'enfin elle était parvenue à donner à cet instant, selon la disposition romantique de sa petite tête écervelée, un sens nouveau, secret, non exprimé – tout cela lui donna une si exaltante idée de mon esprit « chevaleresque » qu'elle courut me serrer sur son cœur, bouleversée, fière de moi, heureuse. Au bout d'une minute elle leva sur ceux qui étaient attroupés autour de nous le visage le plus naïvement sévère, où tremblaient deux petites larmes cristallines, et d'une voix sérieuse, grave, telle qu'on ne l'avait jamais entendue de sa part, elle dit en me montrant : « **Mais c'est très sérieux, messieurs, ne riez pas !* » sans s'apercevoir que tous étaient devant elle comme sous l'empire d'un charme, émerveillés de son radieux enthousiasme. Cette impulsion si vive et si inattendue, ce petit visage si grave, cette ingénue simplicité, ces larmes venues d'un cœur qu'on n'en avait jamais soupçonné capable et qui jaillissaient de ses yeux éternellement rieurs, étaient de sa part une merveille si imprévue, que tous étaient devant elle comme magnétisés par son regard, par sa parole et son geste si rapides et si ardents. Il semblait que personne ne pût détacher d'elle ses yeux, dans la crainte de laisser passer cette rare minute de son visage inspiré. Le maître de maison lui-même rougit comme une tulipe, et l'on assure l'avoir entendu par la suite avouer qu' « à sa honte » il avait failli pendant une minute tomber amoureux de sa belle invitée. Et il va de soi qu'après tout cela, je fus un héros, un preux.

« Un Delorges, un Toggenburg[1] ! » disait-on à l'entour.

Il y eut même des applaudissements.

« Bravo, la génération montante ! ajouta le maître de maison.

— Mais, il viendra, il faut absolument qu'il vienne avec nous ! s'écria la belle, nous lui

1. *Delorges, Toggenburg* : deux héros d'un poème *(Le Gant)* et d'une ballade *(Le Chevalier Toggenburg)* de Schiller, traduits en russe par Joukovski (grand poète du début du XIXe siècle et excellent traducteur) respectivement en 1831 et 1818.

trouverons, nous devons lui trouver une place ! Il s'assoira à côté de moi, sur mes genoux… ou plutôt non, non ! je me suis trompée !… » se reprit-elle en éclatant de rire, incapable de s'en empêcher au souvenir de notre première rencontre. Mais tout en riant, elle me caressait tendrement la main, et faisait tout ce qu'elle pouvait pour me complaire et que je ne fusse pas offensé.

« Absolument, absolument ! renchérirent plusieurs voix, il faut qu'il vienne, il a conquis sa place. » Et l'affaire fut réglée en un clin d'œil. Cette même vieille fille qui m'avait fait connaître à ma blonde fut aussitôt assaillie des prières de toute la jeunesse lui demandant de rester à la maison et de me céder sa place, à quoi elle fut contrainte de consentir, à son extrême déplaisir, avec un sourire de façade et la rage en son for intérieur. La protectrice aux pas de laquelle elle attachait les siens, mon ennemie de naguère et mon amie maintenant, lui cria, galopant déjà sur son fringant cheval et riant aux éclats, qu'elle l'enviait et aurait bien préféré rester avec elle, car il allait pleuvoir et nous allions tous être mouillés.

Elle avait prédit juste. Une heure plus tard la pluie tombait à verse, et notre promenade fut perdue. Il fallut patienter plusieurs heures dans des izbas, puis rentrer vers dix heures, par un temps humide et refroidi. Je fus pris d'une légère fièvre. Au moment même où l'on se préparait à repartir, Mme M... vint vers moi et s'étonna que je fusse en simple veste et le cou découvert ; je lui répondis que je n'avais pas eu le temps de prendre un manteau. Elle prit une épingle, ferma plus haut le col de ma chemise, ôta le petit foulard de gaze ponceau qu'elle avait à son cou et le noua autour du mien pour protéger ma gorge. Ce fut si vite fait que je n'eus pas le temps de la remercier.

Mais quand nous fûmes arrivés à la maison, je la trouvai dans un petit salon, en compagnie de sa blonde amie et du jeune homme pâle qui s'était fait ce jour-là un renom d'homme de cheval en reculant à monter Tancrède. J'allais la remercier et lui rendre son foulard. Mais maintenant, après toutes ces aventures, il me venait je ne sais quel scrupule ; j'avais plutôt envie de monter dans ma chambre pour réfléchir et juger à loisir : je débordais d'impressions. En rendant le foulard, je rougis, comme il se doit, jusqu'aux oreilles.

« Je parierais qu'il avait envie de garder le foulard, dit le jeune homme en riant, cela se voit à ses yeux, qu'il regrette de se séparer de votre foulard.

— C'est vrai, c'est tout à fait vrai ! repartit la blonde. Quel garçon ! » fit-elle en hochant la tête d'un air de reproche mutin ; mais elle s'arrêta à temps devant le regard sérieux de Mme M... qui ne voulait pas pousser trop loin la plaisanterie.

Je m'en allai au plus vite.

« Voyons, quel drôle de garçon tu fais ! me répéta l'espiègle, qui me rattrapa dans une autre pièce, en me prenant amicalement les deux mains. Tu n'avais qu'à ne pas rendre le foulard, si tu avais tellement envie de le garder. Tu n'avais qu'à dire que tu l'avais oublié quelque part, et on n'en parlait plus. Comme tu es ! Tu n'as pas eu cette idée ! Tu es vraiment bizarre ! »

Et elle me tapota du doigt sous le menton, en riant de me voir rougir comme un pavot :

« Tu sais bien que je suis ton amie maintenant, n'est-ce pas ? C'est fini de nous détester, hein ? Oui ou non ? »

Je ris et serrai ses petits doigts sans répondre.

« À la bonne heure !... Comment se fait-il que tu es si pâle et que tu trembles ? Tu as pris froid ?

— Oui, je ne me sens pas bien.

— Ah, le pauvre ! C'est toutes ces impressions trop fortes ! Sais-tu ? Tu ferais mieux d'aller dormir sans attendre le souper, ça passera en une nuit. Viens. »

Elle m'emmena dans ma chambre, et je crus

qu'elle n'en finirait plus de prendre soin de moi. Me laissant me déshabiller, elle courut en bas, me fit faire du thé et me l'apporta elle-même quand j'étais déjà au lit. Elle m'apporta aussi une couverture chaude. Je fus très frappé et touché de tous ses soins ; peut-être aussi y avait-il l'effet de toute cette journée, de ma chevauchée, de la fièvre : en tout cas, quand elle me quitta, je l'embrassai avec force et avec chaleur, comme la plus tendre, la plus proche amie, et du coup tout le flot de mes impressions reflua sur mon cœur à bout de force ; je pleurais presque en me serrant contre sa poitrine. Elle vit combien j'étais impressionnable, et je crois que ma badineuse en fut un peu touchée…

« Tu es un bon petit garçon, murmura-t-elle en me regardant de ses jolis yeux calmes, s'il te plaît, ne sois pas fâché contre moi, hein ? C'est promis ? »

Bref, nous devînmes les plus tendres, les plus fidèles amis.

Il était assez tôt quand je me réveillai, mais le soleil inondait déjà toute la chambre d'une vive lumière. Je sautai du lit tout à fait vaillant et plein d'entrain, comme s'il n'y avait pas eu l'accès de fièvre de la soirée, au lieu duquel je sentais maintenant en moi une inexprimable allégresse. Tout ce qui s'était passé la veille me revint, et je sentis que j'aurais donné tout un bonheur pour pouvoir en cet instant embrasser comme hier soir ma nouvelle amie, notre blonde beauté ; mais il était encore très tôt et tout le monde dormait. Habillé à la va-vite, je descendis au jardin, et de là au bois. Je me frayais un chemin là où la verdure était la plus dense, la plus puissante l'odeur de résine, là où les rayons du soleil pénétraient le plus gaiement, joyeux de réussir à percer çà et là la brumeuse épaisseur des feuillages. C'était un magnifique matin.

Avançant insensiblement de plus en plus loin, je débouchai finalement à l'autre orée du bois, vers la rivière Moskva. Elle coulait à deux cents pas devant moi, au bas d'une pente. Sur la rive opposée on fauchait les foins. Je m'arrêtai à observer les rangs entiers de faux tranchantes qui, à chaque balancement des bras de faucheurs, s'inondaient toutes ensemble de lumière puis s'éteignaient tout à coup, semblables à des serpents de feu disparaissant soudain on ne sait où ; et l'herbe fauchée ras qui volait de côté en lourds paquets et s'alignait en longues files droites. Je ne me souviens pas combien de temps je passai dans cette contemplation ; j'en fus tiré soudain en entendant dans le bois, à peut-être vingt pas de moi, dans une laie tracée de la grand-route à la demeure seigneuriale, l'ébrouement et le piétinement d'un cheval qui grattait le sol du sabot. Je ne sais si j'entendis ce cheval à l'instant même où arriva et s'arrêta le cavalier, ou si le bruit sollicitait déjà depuis un moment mon ouïe sans parvenir à m'arracher à mes rêveries. Pris de curiosité je rentrai dans le bois et, ayant fait quelques pas, j'entendis des voix qui parlaient rapidement, mais sans bruit. J'approchai encore, j'écartai précautionneusement les dernières branches des derniers arbustes qui bordaient la laie, et sur-le-champ je bondis en arrière tout surpris : j'avais entraperçu une robe blanche que je connaissais bien, et une douce voix féminine résonnait dans mon cœur comme une musique. C'était Mme M… Elle était debout auprès d'un cavalier qui lui parlait hâtivement du haut de sa monture, et j'eus l'étonnement de reconnaître N…, ce jeune homme qui nous avait quittés la veille au matin et dont se préoccupait tellement M. M… Mais on avait dit alors qu'il s'en allait quelque part très loin, dans le sud de la Russie, et c'est pourquoi j'étais fort étonné de le revoir ici de si bonne heure, et seul avec Mme M…

Elle était animée et bouleversée comme je ne l'avais encore jamais vue, et sur ses joues brillaient des larmes. Le jeune homme lui tenait une main qu'il baisait en se penchant du haut de sa selle. C'était à la minute des adieux que j'assistais. Tous deux semblaient se hâter. Il tira enfin de sa poche un pli cacheté, le remit à Mme M..., l'entoura d'un bras, comme précédemment, sans descendre de cheval, et lui donna un long baiser. Un instant plus tard il touchait son cheval et filait devant moi comme une flèche. Mme M... le suivit quelques secondes des yeux, puis se dirigea, pensive et mélancolique, vers la maison. Mais, après quelques pas dans la laie, elle parut se ressaisir tout à coup, écarta vivement les arbustes et s'en alla à travers bois.

Je la suivis, troublé et étonné de tout ce que j'avais vu. Mon cœur battait avec force, on aurait dit d'effroi. J'étais comme engourdi, comme en plein brouillard ; mes pensées allaient en morceaux et en désordre ; mais je me souviens que j'étais, sans bien savoir pourquoi, terriblement triste. J'entrevoyais de temps à autre, à travers la verdure, sa robe blanche. J'allais machinalement sur ses pas, sans la quitter des yeux, mais en tremblant qu'elle ne me remarquât. Enfin elle sortit sur une petite allée qui menait au jardin. J'attendis une demi-minute avant de sortir moi aussi ; mais quelle fut ma surprise en apercevant tout à coup, sur le sable rouge de la petite allée, un paquet cacheté que je reconnus du premier regard : le pli qui dix minutes plus tôt avait été remis à Mme M…

Je le ramassai : entièrement enveloppé de papier blanc, sans inscription, il n'était pas gros, mais, d'après sa rigidité et son poids, il devait contenir trois grandes feuilles de papier à lettres ou davantage.

Que signifiait ce paquet ? Sans aucun doute, il aurait expliqué tout le mystère. Peut-être N… y avait-il mis tout ce qu'il n'espérait pas avoir le temps de dire à la faveur d'un hâtif rendez-vous. Il n'était même pas descendu de cheval… Était-ce que le temps le pressait, ou que peut-être il avait peur de se trahir à l'heure de l'adieu, Dieu seul le sait…

Je m'arrêtai sans sortir sur l'allée, j'y rejetai le pli à l'endroit où il était le plus visible et ne le quittai pas des yeux, supposant que Mme M… allait s'apercevoir de sa perte, revenir sur ses pas, se mettre à chercher. Mais après quatre ou cinq minutes d'attente, je n'y tins plus, je repris ma trouvaille, la mis dans ma poche et me lançai à la poursuite de Mme M… Je la rattrapai seulement au jardin, dans la grande allée : elle rentrait tout droit, à pas rapides et pressés, mais pensive et les yeux au sol. Je ne savais que faire. Aller à elle, lui remettre le pli ? C'était lui dire que je savais tout, que j'avais tout vu. Je me serais trahi au premier mot. Et comment pourrais-je la regarder ? De quel œil me regarderait-elle ?... Je m'attendais toujours qu'elle allait se ressouvenir, s'apercevoir de sa perte, revenir sur ses propres traces : alors j'aurais pu, sans qu'elle remarquât rien, jeter le pli sur son chemin et elle l'aurait trouvé. Mais non ! Nous approchions déjà de la maison, déjà on l'avait aperçue...

Ce matin-là, comme par un fait exprès, presque tout le monde s'était levé de très bonne heure, parce que dès la veille, à la suite de la sortie manquée, on en avait projeté une autre, ce que je ne savais pas. Tous se préparaient pour le départ et prenaient le petit déjeuner sur la terrasse. Je laissai passer une dizaine de minutes, pour qu'on ne me vît pas avec Mme M..., et, contournant le jardin, j'arrivai par un autre côté, un bon moment après elle. Elle marchait de long en large sur la terrasse, pâle et alarmée, les mains croisées sur la poitrine, et il était visible qu'elle prenait sur elle et faisait effort pour contenir l'angoisse torturante, désespérée qui se lisait dans ses yeux, dans sa démarche, dans chacun de ses mouvements. Soudain elle descendait les marches et faisait quelques pas vers le jardin parmi les massifs de fleurs : ses yeux cherchaient impatiemment, avidement, imprudemment même quelque chose sur le sable des allées, puis sur le sol de la terrasse. Il n'y avait pas de doute : elle s'était aperçue de sa perte, et pensait probablement que le pli lui avait échappé quelque part par ici, non loin de la maison – oui, c'était cela, et elle en était convaincue !

Quelqu'un, puis plusieurs autres, remarquèrent sa pâleur et son agitation. Elle fut assaillie de questions sur sa santé, d'importunes marques de sympathie ; il lui fallut s'en débarrasser par des plaisanteries, rire, affecter la gaieté. De temps à autre elle regardait son mari, qui était au bout de la terrasse, conversant avec deux dames, et le même frisson, le même trouble que le premier soir où il était arrivé, s'emparaient de la pauvre femme. La main dans ma poche où je serrais ferme le pli, je me tenais à l'écart, suppliant le hasard de me faire remarquer par Mme M... J'aurais voulu lui rendre courage, la rassurer, ne fût-ce que par mon regard, ou bien lui dire quelque chose vivement, à la dérobée. Mais quand son regard tomba fortuitement sur moi, je tressaillis et baissai les yeux.

Je voyais son tourment et je ne me trompais pas. J'ignore encore son secret, je ne sais rien d'autre que ce que j'avais vu moi-même et que je viens de raconter. Cette liaison n'était peut-être pas ce qu'on est d'abord tenté de supposer. Peut-être ce baiser était-il un baiser d'adieu, peut-être une ultime et faible récompense pour un sacrifice consenti à sa tranquillité et à son honneur. N… était parti, il l'avait quittée peut-être pour toujours. Enfin cette lettre que je sentais sous ma main, qui sait ce qu'elle contenait ? Comment juger et qui condamner ? Et cependant il n'y avait aucun doute : la brusque découverte du secret aurait été une chose effrayante, une catastrophe dans sa vie. Je vois encore son visage à cette minute : il n'était pas possible de souffrir davantage. Sentir, savoir, être sûre, attendre comme un châtiment que dans un quart d'heure, dans la minute qui venait, tout pouvait être découvert, le pli trouvé et ramassé par quelqu'un, ouvert sans doute puisqu'il était sans suscription, et alors… alors quoi ? Quoi de plus effrayant que ce qui l'attendait ? Elle allait parmi ceux qui allaient être ses juges. Dans un instant leurs visages souriants et flatteurs allaient devenir féroces et implacables. Elle lirait l'impertinence, l'affront, le mépris glacé sur ces visages, et puis commencerait une nuit éternelle et sans aurore sur sa vie… Certes, je ne comprenais pas tout cela, alors, comme je le vois maintenant, je ne pouvais que soupçonner et pressentir, et souffrir de tout cœur du péril qui la menaçait et dont je n'avais pas une claire conscience. Mais quel que fût son secret, les douloureuses minutes dont je fus le témoin, et que je n'oublierai jamais, expiaient bien des choses, si tant est qu'il y eût quelque chose à expier.

Mais soudain retentit un jovial appel au départ ; ce fut un joyeux empressement général ; de toutes parts se firent entendre des rires et des voix excitées. En deux minutes la terrasse fut vide. Mme M... renonça à partir, reconnaissant enfin qu'elle ne se sentait pas bien. Grâce à Dieu, tous étaient prêts, tous avaient hâte de se mettre en route, et l'on n'avait pas de temps à perdre à des condoléances, questions et conseils. Un petit nombre seulement restaient à la maison. Le mari lui dit quelques mots ; elle répondit qu'elle se sentait souffrante, qu'il ne devait pas s'inquiéter, qu'elle n'avait pas de raison de se mettre au lit, qu'elle irait faire un tour au jardin, seule... avec moi... Elle venait de m'apercevoir. Rien ne pouvait être plus heureux ! Je rougis de joie ; l'instant d'après nous étions au jardin.

Elle suivit les mêmes allées, chemins et sentiers par lesquels elle était revenue peu auparavant du bois, retrouvant d'instinct la route qu'elle avait prise, regardant uniquement devant elle, ne quittant pas des yeux le sol, cherchant sans me répondre, oubliant peut-être que je marchais à son côté.

Mais quand nous fûmes presque arrivés à l'endroit où j'avais ramassé le pli et où finissait la laie, Mme M… s'arrêta tout à coup, et d'une voix faible, défaillante d'angoisse, elle dit qu'elle se sentait plus mal et qu'elle allait rentrer. Puis de nouveau, parvenue à la grille du jardin, elle s'arrêta encore, réfléchit une minute ; un pauvre sourire désespéré apparut sur ses lèvres, puis à bout de forces et de souffrances, décidée à tout, résignée à tout, elle retourna sans un mot sur ses pas, oubliant même cette fois de me rien dire…

J'étais déchiré d'impuissance et ne savais que faire.

Nous allâmes, ou pour mieux dire je l'amenai à l'endroit où j'avais entendu, une heure plus tôt, les sabots du cheval et la conversation à mi-voix. Là, près d'un gros orme, se trouvait un banc taillé à même une énorme pierre d'un seul bloc, et autour duquel s'enroulait un lierre et croissaient un jasmin sauvage et un églantier. (Tout ce petit bois était parsemé de ponceaux, de gloriettes, de grottes et autres surprises du même genre.) Mme M… s'assit sur le banc, regardant sans le voir l'admirable paysage qui s'étendait devant nous. Au bout d'une minute elle ouvrit un livre et y riva les yeux, sans tourner les pages, sans lire, sans presque avoir conscience de ce qu'elle faisait. Il était déjà neuf heures et demie. Le soleil était haut et montait somptueux dans le ciel d'un bleu profond, où il semblait fondre à son propre feu. Les faucheurs étaient déjà loin, on les voyait à peine de notre rive. Derrière eux rampaient comme à leur poursuite les longues rangées sans fin d'herbe coupée, et par instants une brise à peine sensible nous en apportait les odorants effluves. Tout autour, c'était l'incessant concert de ceux qui « ne moissonnent ni ne sèment » et sont libres comme l'air que fendait leur vol allègre. Il semblait qu'en cet instant chaque fleur, le moindre brin d'herbe, exhalant son parfum comme un encens, murmurât à son Créateur : « Père ! sois béni de mon bonheur !... »

Je levai les yeux sur la pauvre femme qui seule était comme une morte parmi toute cette vie joyeuse : deux grosses larmes étaient arrêtées immobiles à ses cils. Il était en mon pouvoir de rendre la vie et le bonheur à ce pauvre cœur défaillant, et je ne cherchais que le moyen d'y parvenir, le premier pas à faire. J'étais au supplice. Cent fois je fus pour aller à elle, et chaque fois un sentiment plus fort que moi me clouait sur place, et chaque fois du feu me brûlait le visage.

Soudain une idée m'illumina. Le moyen était trouvé, je me sentis revivre.

« Si vous voulez, je vais vous faire un bouquet ! » dis-je d'une voix si joyeuse que Mme M… releva tout à coup la tête et me regarda longuement.

« Va, prononça-t-elle enfin d'une voix faible, avec une ébauche de sourire, et elle baissa de nouveau les yeux sur son livre.

— Sinon on va peut-être faucher ici aussi, et il n'y aura plus de fleurs ! » criai-je en m'éloignant gaiement.

J'eus tôt fait de cueillir un bouquet, tout simple, tout pauvret. J'aurais eu honte de l'apporter dans une chambre : mais de quelle joie battait mon cœur en le composant et en le liant ! Je pris d'abord sur place des églantines et du jasmin. Je savais qu'il y avait non loin un champ de seigle qui achevait de mûrir : j'y courus chercher des bleuets que je mêlai avec de longs épis de seigle, en choisissant les plus fournis et les plus dorés. Tout près, je découvris toute une nichée de myosotis, et mon bouquet commença à s'enrichir. Plus loin, dans le pré, je trouvai des campanules bleues et des œillets sauvages, et je courus jusqu'au bord de l'eau chercher des nénuphars jaunes. Enfin, revenant et faisant un crochet dans le bois pour y cueillir quelques larges feuilles digitées d'érable avec quoi envelopper mon bouquet, je tombai par hasard sur toute une tribu de pensées, près desquelles, pour mon bonheur, la fine senteur de la violette dénonçait la présence, cachée sous l'herbe épaisse et luxuriante, de la modeste fleur encore couverte de brillantes gouttes de rosée. Le bouquet était achevé. Je le liai d'une longue herbe souple que je tressai, et j'y glissai précautionneusement la lettre, en la recouvrant de fleurs, mais en faisant en sorte qu'il fût très facile de la trouver, pourvu qu'on accordât un minimum d'attention à mon hommage.

Je le portai à Mme M…

Chemin faisant il me sembla que la lettre était trop en vue : je la couvris un peu plus. En m'approchant, je l'enfonçai encore dans les fleurs, et finalement, déjà presque arrivé, je la fourrai si profondément à l'intérieur du bouquet que rien ne se remarquait plus de l'extérieur. Mes joues brûlaient d'une véritable flamme. J'eus envie de cacher mon visage dans mes mains et de me sauver aussitôt, mais elle accueillit mes fleurs comme si elle avait complètement oublié que j'étais allé en cueillir. Machinalement, sans presque regarder, elle étendit la main et prit mon présent, mais elle le posa aussitôt sur le banc, comme si ç'avait été pour cela que je le lui donnais, et elle baissa de nouveau les yeux sur son livre, dans une sorte d'inconscience. J'aurais pleuré de cet échec. « Pourvu seulement que mon bouquet reste avec elle, pensais-je, pourvu seulement qu'elle ne l'oublie pas ! » Je m'étendis non loin d'elle sur l'herbe, le bras droit sous la tête et les yeux fermés, et je fermai les paupières comme terrassé par le sommeil. Mais je ne la quittais pas des yeux et j'attendais…

Une dizaine de minutes s'écoulèrent ; il me semblait qu'elle était de plus en plus pâle… Soudain un hasard béni vint à mon secours.

C'était une grosse abeille dorée que la bonne brise amena pour mon bonheur. Elle bourdonna d'abord au-dessus de ma tête, puis s'envola vers Mme M… Celle-ci la chassa une fois, puis deux, de la main, mais l'abeille, comme à dessein, se faisait de plus en plus importune. Enfin Mme M… saisit mon bouquet et l'agita devant elle. À cet instant le pli jaillit des fleurs et tomba droit sur le livre ouvert. Je tressaillis. Un certain temps Mme M… regarda, muette de stupeur, tantôt le pli, tantôt les fleurs qu'elle avait à la main, visiblement n'en croyant pas ses yeux… Soudain elle rougit, s'empourpra et leva les yeux vers moi. Mais j'avais devancé son regard et je fermai tout à fait les yeux, feignant de dormir ; pour rien au monde alors je n'aurais regardé son visage. Mon cœur défaillait et battait, pareil à un oiselet tombé aux mains d'un gamin de village. Je ne sais pas combien de temps je restai ainsi immobile, les yeux clos : deux, trois minutes. Enfin je me risquai à les ouvrir. Mme M… lisait avidement la lettre, et à ses joues enflammées, à son regard brillant de larmes, à son visage rayonnant dont chaque trait frémissait de joie, je devinai que c'était le bonheur qui était dans cette lettre, et que toute souffrance était dissipée comme une fumée. Un délicieux sentiment me serrait le cœur, si poignant qu'il me devenait pénible de simuler…

Ce fut une minute que je n'oublierai jamais !

Soudain, encore loin de nous, on entendit des voix :

*« *Madame M… ! Nathalie ! Nathalie ! »*

Mme M… ne répondit pas. Elle se leva vivement de son banc, s'approcha et se pencha sur moi. Je sentais qu'elle me regardait droit au visage. Mes paupières frémirent, mais je me retins et n'ouvris pas les yeux. Je faisais effort pour respirer régulièrement et calmement, mais les battements désordonnés de mon cœur m'étouffaient. Sa chaude haleine me brûlait les joues. Elle s'inclina tout près, tout près de mon visage, comme pour le scruter. Enfin un baiser et des larmes tombèrent sur ma main, celle qui reposait sur ma poitrine ; deux fois elle la baisa.

« **Nathalie ! Nathalie !* Où es-tu ? » entendit-on encore, cette fois tout près de nous.

« Tout de suite ! répondit Mme M… de sa belle voix argentine, mais étouffée et tremblante de larmes, et si bas que j'étais seul à pouvoir l'entendre, tout de suite ! »

Mais à cet instant mon cœur me trahit, et ce fut comme s'il envoyait tout mon sang à mon visage. À cet instant aussi un rapide et ardent baiser brûla mes lèvres. Je poussai un faible cri et ouvris les yeux, mais aussitôt tomba sur eux le foulard de gaze de la veille – comme pour me protéger du soleil. Quelques secondes plus tard elle n'était plus là, Je n'entendais plus que le glissement de pas qui s'éloignaient rapidement. J'étais seul.

Je saisis le léger foulard et l'embrassai avec extase ; plusieurs minutes je fus comme en délire !… Suffoquant de bonheur, je m'accoudai dans l'herbe, et je contemplais immobile et presque inconscient devant moi les collines d'alentour avec les taches des prairies, la rivière qui les enveloppait de ses méandres et sinuait à perte de vue entre d'autres collines et des villages disséminés sur tous les lointains inondés de lumière, la ligne bleu sombre des forêts à peine visibles, qui semblaient une fumée au bord du ciel incandescent ; et une sorte de doux apaisement, qui semblait émaner du calme majestueux du paysage, descendit peu à peu dans mon cœur bouleversé. Je me sentis plus léger, je respirai plus librement... Mais une sourde et douce langueur m'emplissait l'âme, comme la découverte de quelque chose, comme le pressentiment de quelque chose... Mon cœur saisi d'effroi devinait timidement et joyeusement il ne savait quoi, et palpitait d'attente... Et soudain ma poitrine fut ébranlée, frappée comme de quelque chose qui la transperçait, et des larmes, de douces larmes jaillirent de mes yeux. Je me mis le visage dans les mains, et frémissant tout entier comme un brin d'herbe, je m'abandonnai sans force à ma première prise de conscience, à la première révélation de mon cœur, au premier éveil encore incertain de mon être profond... Cet instant fut celui où s'acheva ma première enfance...

Quand, deux heures plus tard, je rentrai à la maison, je n'y trouvai plus Mme M... : elle était partie avec son mari pour Moscou, où quelque affaire urgente les appelait. Je ne l'ai plus jamais revue depuis.

COLLECTION FOLIO 2 €

Dernières parutions

4325. Marcel Proust	*L'affaire Lemoine*
4326. Ji Yun	*Des nouvelles de l'au-delà*
4387. Boileau-Narcejac	*Au bois dormant*
4388. Albert Camus	*L'été*
4389. Philip K. Dick	*Ce que disent les morts*
4390. Alexandre Dumas	*La Dame pâle*
4391. Herman Melville	*Les Encantadas, ou Îles Enchantées*
4392. Pidansat de Mairobert	*Confession d'une jeune fille*
4393. Wang Chong	*De la mort*
4394. Marguerite Yourcenar	*Le Coup de Grâce*
4395. Nicolas Gogol	*Une terrible vengeance*
4396. Jane Austen	*Lady Susan*
4441. Honoré de Balzac	*Les dangers de l'inconduite*
4442. Collectif	*1, 2, 3... bonheur ! Le bonheur en littérature*
4443. James Crumley	*Tout le monde peut écrire une chanson triste* et autres nouvelles
4444. Fumio Niwa	*L'âge des méchancetés*
4445. William Golding	*L'envoyé extraordinaire*
4446. Pierre Loti	*Les trois dames de la Kasbah* suivi de *Suleïma*
4448. Jean Rhys	*À septembre, Petronella* suivi de *Qu'ils appellent ça du jazz*
4449. Gertrude Stein	*La brave Anna*
4450. Voltaire	*Le Monde comme il va* et autres contes
4482. Régine Detambel	*Petit éloge de la peau*
4483. Caryl Férey	*Petit éloge de l'excès*
4484. Jean-Marie Laclavetine	*Petit éloge du temps présent*
4485. Richard Millet	*Petit éloge d'un solitaire*
4486. Boualem Sansal	*Petit éloge de la mémoire*
4518. Renée Vivien	*La Dame à la louve*

4519. Madame Campan	*Mémoires sur la vie privée de Marie-Antoinette* (extraits)
4520. Madame de Genlis	*La Femme auteur*
4521. Elsa Triolet	*Les Amants d'Avignon*
4522. George Sand	*Pauline*
4549. Amaru	*La Centurie. Poèmes amoureux de l'Inde ancienne*
4550. Collectif	*«Mon cher papa...» Des écrivains et leur père*
4551. Joris-Karl Huysmans	*Sac au dos* suivi de *À vau l'eau*
4553. Valery Larbaud	*Mon plus secret conseil...*
4554. Henry Miller	*Lire aux cabinets* précédé d'*Ils étaient vivants et ils m'ont parlé*
4555. Alfred de Musset	*Emmeline* suivi de *Croisilles*
4556. Irène Némirovsky	*Ida* suivi de *La comédie bourgeoise*
4557. Rainer Maria Rilke	*Au fil de la vie. Nouvelles et esquisses*
4558. Edgar Allan Poe	*Petite discussion avec une momie* et autres histoires extraordinaires
4596. Michel Embareck	*Le temps des citrons*
4597. David Shahar	*La moustache du pape* et autres nouvelles
4598. Mark Twain	*Un majestueux fossile littéraire* et autres nouvelles
4618. Stéphane Audeguy	*Petit éloge de la douceur*
4619. Éric Fottorino	*Petit éloge de la bicyclette*
4620. Valentine Goby	*Petit éloge des grandes villes*
4621. Gaëlle Obiégly	*Petit éloge de la jalousie*
4622. Pierre Pelot	*Petit éloge de l'enfance*
4639. Benjamin Constant	*Le Cahier rouge*
4640. Carlos Fuentes	*La Desdichada*
4641. Richard Wright	*L'homme qui a vu l'inondation* suivi de *Là-bas, près de la rivière*
4666. Collectif	*Le pavillon des Parfums-Réunis* et autres nouvelles chinoises des Ming
4667. Thomas Day	*L'automate de Nuremberg*

4668. Lafcadio Hearn	*Ma première journée en Orient* suivi de *Kizuki, le sanctuaire le plus ancien du Japon*
4669. Simone de Beauvoir	*La Femme indépendante*
4670. Rudyard Kipling	*Une vie gaspillée* et autres nouvelles
4671. D.H. Lawrence	*L'épine dans la chair* et autres nouvelles
4672. Luigi Pirandello	*Eau amère* et autres nouvelles
4673. Jules Verne	*Les révoltés de la Bounty* suivi de *Maître Zacharius*
4674. Anne Wiazemsky	*L'île*
4708. Isabelle de Charrière	*Sir Walter Finch et son fils William*
4709. Madame d'Aulnoy	*La Princesse Belle Étoile et le prince Chéri*
4710. Isabelle Eberhardt	*Amours nomades. Nouvelles choisies*
4711. Flora Tristan	*Promenades dans Londres* (extraits)
4737. Joseph Conrad	*Le retour*
4738. Roald Dahl	*Le chien de Claude*
4739. Fédor Dostoïevski	*La femme d'un autre et le mari sous le lit. Une aventure peu ordinaire*
4740. Ernest Hemingway	*La capitale du monde* suivi de *L'heure triomphale de Francis Macomber*
4741. H. P. Lovecraft	*Celui qui chuchotait dans les ténèbres*
4742. Gérard de Nerval	*Pandora* et autres nouvelles
4743. Juan Carlos Onetti	*À une tombe anonyme*
4744. Robert Louis Stevenson	*La chaussée des Merry Men*
4745. Henry David Thoreau	*«Je vivais seul dans les bois»*
4746. Michel Tournier	*L'aire du Muguet* précédé de *La jeune fille et la mort*
4781. Collectif	*Sur le zinc. Au café avec les écrivains*
4782. Francis Scott Fitzgerald	*L'étrange histoire de Benjamin Button* suivi de *La lie du bonheur*
4783. Lao She	*Le nouvel inspecteur* suivi de *Le croissant de lune*
4784. Guy de Maupassant	*Apparition* et autres contes de l'étrange
4785. D. A. F. de Sade	*Eugénie de Franval. Nouvelle tragique*
4786. Patrick Amine	*Petit éloge de la colère*

4787. Élisabeth Barillé — *Petit éloge du sensible*
4788. Didier Daeninckx — *Petit éloge des faits divers*
4789. Nathalie Kuperman — *Petit éloge de la haine*
4790. Marcel Proust — *La fin de la jalousie* et autres nouvelles
4839. Julian Barnes — *À jamais* et autres nouvelles
4840. John Cheever — *Une Américaine instruite* précédé d'*Adieu, mon frère*
4841. Collectif — *« Que je vous aime, que je t'aime ! » Les plus belles déclarations d'amour*
4842. André Gide — *Souvenirs de la cour d'assises*
4843. Jean Giono — *Notes sur l'affaire Dominici* suivi d'*Essai sur le caractère des personnages*
4844. Jean de La Fontaine — *Comment l'esprit vient aux filles* et autres contes libertins
4845. Yukio Mishima — *Papillon* suivi de *La lionne*
4846. John Steinbeck — *Le meurtre* et autres nouvelles
4847. Anton Tchékhov — *Un royaume de femmes* suivi de *De l'amour*
4848. Voltaire — *L'Affaire du chevalier de La Barre* précédé de *L'Affaire Lally*
4875. Marie d'Agoult — *Premières années (1806-1827)*
4876. Madame de Lafayette — *Histoire de la princesse de Montpensier* et autres nouvelles
4877. Madame Riccoboni — *Histoire de M. le marquis de Cressy*
4878. Madame de Sévigné — *« Je vous écris tous les jours... » Premières lettres à sa fille*
4879. Madame de Staël — *Trois nouvelles*
4911. Karen Blixen — *Saison à Copenhague*
4912. Julio Cortázar — *La porte condamnée* et autres nouvelles fantastiques
4913. Mircea Eliade — *Incognito à Buchenwald...* précédé d'*Adieu !...*
4914. Romain Gary — *Les trésors de la mer Rouge*
4915. Aldous Huxley — *Le jeune Archimède* précédé de *Les Claxton*
4916. Régis Jauffret — *Ce que c'est que l'amour* et autres microfictions

4917. Joseph Kessel — *Une balle perdue*
4919. Junichirô Tanizaki — *Le pont flottant des songes*
4920. Oscar Wilde — *Le portrait de Mr. W. H.*
4953. Eva Almassy — *Petit éloge des petites filles*
4954. Franz Bartelt — *Petit éloge de la vie de tous les jours*
4955. Roger Caillois — *Noé* et autres textes
4956. Casanova — *Madame F.* suivi d'*Henriette*
4957. Henry James — *De Grey, histoire romantique*
4958. Patrick Kéchichian — *Petit éloge du catholicisme*
4959. Michel Lermontov — *La princesse Ligovskoï*
4960. Pierre Péju — *L'idiot de Shanghai* et autres nouvelles
4961. Brina Svit — *Petit éloge de la rupture*
4962. John Updike — *Publicité* et autres nouvelles
5010. Anonyme — *Le Petit-Fils d'Hercule. Un roman libertin*
5011. Marcel Aymé — *La bonne peinture*
5012. Mikhaïl Boulgakov — *J'ai tué* et autres récits
5013. Arthur Conan Doyle — *L'interprète grec* et autres aventures de Sherlock Holmes
5014. Frank Conroy — *Le cas mystérieux de R.* et autres nouvelles
5015. Arthur Conan Doyle — *Une affaire d'identité* et autres aventures de Sherlock Holmes
5016. Cesare Pavese — *Histoire secrète* et autres nouvelles
5017. Graham Swift — *Le sérail* et autres nouvelles
5018. Rabindranath Tagore — *Aux bords du Gange* et autres nouvelles
5019. Émile Zola — *Pour une nuit d'amour* suivi de *L'Inondation*
5060. Anonyme — *L'œil du serpent. Contes folkloriques japonais*
5061. Federico García Lorca — *Romancero gitan* suivi de *Chant funèbre pour Ignacio Sanchez Mejias*
5062. Ray Bradbury — *Le meilleur des mondes possibles* et autres nouvelles
5063. Honoré de Balzac — *La Fausse Maîtresse*
5064. Madame Roland — *Enfance*

5065. Jean-Jacques Rousseau	*« En méditant sur les dispositions de mon âme... »* et autres *Rêveries* suivi de *Mon portrait*
5066. Comtesse de Ségur	*Ourson*
5067. Marguerite de Valois	*Mémoires 1569-1577* (extraits)
5068. Madame de Villeneuve	*La Belle et la Bête*
5069. Louise de Vilmorin	*Sainte-Unefois*
5120. Hans Christian Andersen	*La Vierge des glaces*
5121. Paul Bowles	*L'éducation de Malika*
5122. Collectif	*Au pied du sapin. Contes de Noël*
5123. Vincent Delecroix	*Petit éloge de l'ironie*
5124. Philip K. Dick	*Petit déjeuner au crépuscule* et autres nouvelles
5125. Jean-Baptiste Gendarme	*Petit éloge des voisins*
5126. Bertrand Leclair	*Petit éloge de la paternité*
5127. Alfred de Musset-George Sand	*« Ô mon George, ma belle maîtresse... » Lettres*
5128. Grégoire Polet	*Petit éloge de la gourmandise*
5129. Paul Verlaine	*L'Obsesseur* précédé d'*Histoires comme ça*
5163. Ryûnosuke Akutagawa	*La vie d'un idiot* précédé d'*Engrenage*
5164. Anonyme	*Saga d'Eiríkr le Rouge* suivi de *Saga des Groenlandais*
5165. Antoine Bello	*Go Ganymède !*
5166. Adelbert von Chamisso	*L'étrange histoire de Peter Schlemihl*
5167. Collectif	*L'art du baiser. Les plus beaux baisers de la littérature*
5168. Guy Goffette	*Les derniers planteurs de fumée*
5169. H. P. Lovecraft	*L'horreur de Dunwich*
5170. Léon Tolstoï	*Le Diable*
5184. Alexandre Dumas	*La main droite du sire de Giac* et autres nouvelles
5185. Edith Wharton	*Le miroir* suivi de *Miss Mary Pask*
5231. Théophile Gautier	*La cafetière* et autres contes fantastiques
5232. Claire Messud	*Les Chasseurs*

5233. Dave Eggers	*Du haut de la montagne, une longue descente*
5234. Gustave Flaubert	*Un parfum à sentir ou Les Baladins* suivi de *Passion et vertu*
5235. Carlos Fuentes	*En bonne compagnie* suivi de *La chatte de ma mère*
5236. Ernest Hemingway	*Une drôle de traversée*
5237. Alona Kimhi	*Journal de Berlin*
5238. Lucrèce	*« L'esprit et l'âme se tiennent étroitement unis ». Livre III de* De la nature
5239. Kenzaburô Ôé	*Seventeen*
5240. P. G. Wodehouse	*Une partie mixte à trois* et autres nouvelles du green
5290. Jean-Jacques Bernard	*Petit éloge du cinéma d'aujourd'hui*
5291. Jean-Michel Delacomptée	*Petit éloge des amoureux du silence*
5292. Mathieu Terence	*Petit éloge de la joie*
5293. Vincent Wackenheim	*Petit éloge de la première fois*
5294. Richard Bausch	*Téléphone rose* et autres nouvelles
5295. Collectif	*Ne nous fâchons pas ! ou l'art de se disputer au théâtre*
5296. Robin Robertson	*Fiasco ! Des écrivains en scène*
5297. Miguel de Unamuno	*Des yeux pour voir* et autres contes
5298. Jules Verne	*Une fantaisie du Docteur Ox*
5299. Robert Charles Wilson	*YFL-500* suivi du *Mariage de la dryade*
5347. Honoré de Balzac	*Philosophie de la vie conjugale*
5348. Thomas De Quincey	*Le bras de la vengeance*
5349. Charles Dickens	*L'Embranchement de Mugby*
5351. Marcus Malte	*Mon frère est parti ce matin...*
5352. Vladimir Nabokov	*Natacha* et autres nouvelles
5353. Arthur Conan Doyle	*Un scandale en Bohême* suivi d'*Étoile d'argent. Deux aventures de Sherlock Holmes*
5354. Jean Rouaud	*Préhistoires*
5355. Mario Soldati	*Le père des orphelins*
5356. Oscar Wilde	*Maximes* et autres textes

5415. Franz Bartelt	*Une sainte fille* et autres nouvelles
5416. Mikhaïl Boulgakov	*Morphine*
5417. Guillermo Cabrera Infante	*Coupable d'avoir dansé le cha-cha-cha*
5418. Collectif	*Jouons avec les mots. Jeux littéraires*
5419. Guy de Maupassant	*Contes au fil de l'eau*
5420. Thomas Hardy	*Les intrus de la Maison Haute* précédé d'un autre conte du Wessex
5421. Mohamed Kacimi	*La confession d'Abraham*
5422. Orhan Pamuk	*Mon père* et autres textes
5423. Jonathan Swift	*Modeste proposition* et autres textes
5424. Sylvain Tesson	*L'éternel retour*
5462. Lewis Carroll	*Misch-masch* et autres textes de jeunesse
5463. Collectif	*Un voyage érotique. Invitations à l'amour dans la littérature du monde entier*
5465. William Faulkner	*Coucher de soleil* et autres Croquis de La Nouvelle-Orléans
5466. Jack Kerouac	*Sur les origines d'une génération* suivi de *Le dernier mot*
5467. Liu Xinwu	*La Cendrillon du canal* suivi de *Poisson à face humaine*
5468. Patrick Pécherot	*Petit éloge des coins de rue*
5469. George Sand	*Le château de Pictordu*
5471. Martin Winckler	*Petit éloge des séries télé*
5523. E.M. Cioran	*Pensées étranglées* précédé du *Mauvais démiurge*
5526. Jacques Ellul	*« Je suis sincère avec moi-même »* et autres lieux communs
5527. Liu An	*Du monde des hommes. De l'art de vivre parmi ses semblables*
5528. Sénèque	*De la providence* suivi de *Lettres à Lucilius (lettres 71 à 74)*
5530. Tchouang-tseu	*Joie suprême* et autres textes
5531. Jacques de Voragine	*La Légende dorée. Vie et mort de saintes illustres*
5532. Grimm	*Hänsel et Gretel* et autres contes

5589. Saint Augustin — *L'Aventure de l'esprit et autres Confessions*

5590. Anonyme — *Le brahmane et le pot de farine. Contes édifiants du* Pañcatantra

5591. Simone Weil — *Pensées sans ordre concernant l'amour de Dieu* et autres textes

5592. Xun zi — *Traité sur le Ciel* et autres textes

5606. Collectif — *Un oui pour la vie ? Le mariage en littérature*

5607. Éric Fottorino — *Petit éloge du Tour de France*

5608. E. T. A. Hoffmann — *Ignace Denner*

5609. Frédéric Martinez — *Petit éloge des vacances*

5610. Sylvia Plath — *Dimanche chez les Minton* et autres nouvelles

5611. Lucien — *« Sur des aventures que je n'ai pas eues ». Histoire véritable*

5631. Boccace — *Le Décaméron. Première journée*

5632. Isaac Babel — *Une soirée chez l'impératrice* et autres récits

5633. Saul Bellow — *Un futur père* et autres nouvelles

5634. Belinda Cannone — *Petit éloge du désir*

5635. Collectif — *Faites vos jeux ! Les jeux en littérature*

5636. Collectif — *Jouons encore avec les mots. Nouveaux jeux littéraires*

5637. Denis Diderot — *Sur les femmes* et autres textes

5638. Elsa Marpeau — *Petit éloge des brunes*

5639. Edgar Allan Poe — *Le sphinx* et autres contes

5640. Virginia Woolf — *Le quatuor à cordes* et autres nouvelles

5714. Guillaume Apollinaire — *« Mon cher petit Lou ». Lettres à Lou*

5715. Jorge Luis Borges — *Le Sud* et autres fictions

5717. Chamfort — *Maximes* suivi de *Pensées morales*

5718. Ariane Charton — *Petit éloge de l'héroïsme*

5719. Collectif — *Le goût du zen. Recueil de propos et d'anecdotes*

5720. Collectif — *À vos marques ! Nouvelles sportives*

5721. Olympe de Gouges — *« Femme, réveille-toi ! » Déclaration des droits de la femme et de la citoyenne* et autres écrits

5722. Tristan Garcia — *Le saut de Malmö* et autres nouvelles

5723. Silvina Ocampo — *La musique de la pluie* et autres nouvelles

5758. Anonyme — *Fioretti. Légendes de saint François d'Assise*

5759. Gandhi — *En guise d'autobiographie*

5760. Leonardo Sciascia — *La tante d'Amérique*

5761. Prosper Mérimée — *La perle de Tolède* et autres nouvelles

5762. Amos Oz — *Chanter* et autres nouvelles

5794. James Joyce — *Un petit nuage* et autres nouvelles

5795. Blaise Cendrars — *L'Amiral*

5797. Ueda Akinari — *La maison dans les roseaux* et autres contes

5798. Alexandre Pouchkine — *Le coup de pistolet* et autres récits de feu Ivan Pétrovitch Bielkine

5818. Mohammed Aïssaoui — *Petit éloge des souvenirs*

5819. Ingrid Astier — *Petit éloge de la nuit*

5820. Denis Grozdanovitch — *Petit éloge du temps comme il va*

5821. Akira Mizubayashi — *Petit éloge de l'errance*

5835. Francis Scott Fitzgerald — *Bernice se coiffe à la garçonne* précédé du *Pirate de la côte*

5836. Baltasar Gracian — *L'Art de vivre avec élégance. Cent maximes de* L'Homme de cour

5837. Montesquieu — *Plaisirs et bonheur* et autres *Pensées*

5838. Ihara Saikaku — *Histoire du tonnelier tombé amoureux* suivi d'*Histoire de Gengobei*

5839. Tang Zhen — *Des moyens de la sagesse* et autres textes

5856. Collectif — *C'est la fête ! La littérature en fêtes*

5896. Collectif — *Transports amoureux. Nouvelles ferroviaires*

5897. Alain Damasio — *So phare away* et autres nouvelles

5898. Marc Dugain — *Les vitamines du soleil*

5899. Louis Charles Fougeret de Monbron — *Margot la ravaudeuse*

5900. Henry James — *Le fantôme locataire* précédé d'*Histoire singulière de quelques vieux habits*

5901. François Poullain de La Barre — *De l'égalité des deux sexes*

5902. Junichirô Tanizaki — *Le pied de Fumiko* précédé de *La complainte de la sirène*

5903. Ferdinand von Schirach — *Le hérisson* et autres nouvelles

5904. Oscar Wilde — *Le millionnaire modèle* et autres contes

5905. Stefan Zweig — *Découverte inopinée d'un vrai métier* suivi de *La vieille dette*

5935. Chimamanda Ngozi Adichie — *Nous sommes tous des féministes* suivi des *Marieuses*

5973. Collectif — *Pourquoi l'eau de mer est salée* et autres contes de Corée

5974. Honoré de Balzac — *Voyage de Paris à Java* suivi d'*Un drame au bord de la mer*

5975. Collectif — *Des mots et des lettres. Énigmes et jeux littéraires*

5976. Joseph Kessel — *Le paradis du Kilimandjaro* et autres reportages

5977. Jack London — *Une odyssée du Grand Nord* précédé du *Silence blanc*

5992. Pef — *Petit éloge de la lecture*

5994. Thierry Bourcy — *Petit éloge du petit déjeuner*

5995. Italo Calvino — *L'oncle aquatique* et autres récits cosmicomics

5996. Gérard de Nerval — *Le harem* suivi d'*Histoire du calife Hakem*

5997. Georges Simenon — *L'Étoile du Nord* et autres enquêtes de Maigret

5998. William Styron — *Marriott le marine*

5999. Anton Tchékhov — *Les groseilliers* et autres nouvelles

6001. P'ou Song-ling — *La femme à la veste verte. Contes extraordinaires du Pavillon du Loisir*

6002. H. G. Wells — *Le cambriolage d'Hammerpond Park* et autres nouvelles extravagantes

6042. Collectif — *Joyeux Noël ! Histoires à lire au pied du sapin*

6083. Anonyme — *Saga de Hávardr de l'Ísafjördr. Saga islandaise*

6084. René Barjavel — *Les enfants de l'ombre* et autres nouvelles

6085. Tonino Benacquista — *L'aboyeur* précédé de *L'origine des fonds*

6086. Karen Blixen — *Histoire du petit mousse* et autres contes d'hiver

6087. Truman Capote — *La guitare de diamants* et autres nouvelles

6088. Collectif — *L'art d'aimer. Les plus belles nuits d'amour de la littérature*

6089. Jean-Philippe Jaworski — *Comment Blandin fut perdu* précédé de *Montefellóne. Deux récits du Vieux Royaume*

6090. D.A.F. de Sade — *L'Heureuse Feinte* et autres contes étranges

6091. Voltaire — *Le taureau blanc* et autres contes

6111. Mary Wollstonecraft — *Défense des droits des femmes* (extraits)

6159. Collectif — *Les mots pour le lire. Jeux littéraires*

6160. Théophile Gautier — *La Mille et Deuxième Nuit* et autres contes

6161. Roald Dahl — *À moi la vengeance S.A.R.L.* suivi de *Madame Bixby et le manteau du Colonel*

6162. Scholastique Mukasonga — *La vache du roi Musinga* et autres nouvelles rwandaises

6163. Mark Twain — *À quoi rêvent les garçons. Un apprenti pilote sur le Mississippi*

6178. Oscar Wilde — *Le Pêcheur et son Âme* et autres contes

6179. Nathacha Appanah — *Petit éloge des fantômes*

6180. Arthur Conan Doyle — *La maison vide* précédé du *Dernier problème. Deux aventures de Sherlock Holmes*

6181. Sylvain Tesson — *Le téléphérique* et autres nouvelles

6182. Léon Tolstoï — *Le cheval* suivi d'*Albert*

6183. Voisenon	*Le sultan Misapouf et la princesse Grisemine*
6184. Stefan Zweig	*Était-ce lui ?* précédé d'*Un homme qu'on n'oublie pas*
6210. Collectif	*Paris sera toujours une fête. Les plus grands auteurs célèbrent notre capitale*
6211. André Malraux	*Malraux face aux jeunes. Mai 68, avant, après. Entretiens inédits*
6241. Anton Tchékhov	*Les méfaits du tabac* et autres pièces en un acte
6242. Marcel Proust	*Journées de lecture*
6243. Franz Kafka	*Le Verdict – À la colonie pénitentiaire*
6245. Joseph Conrad	*L'associé*
6246. Jules Barbey d'Aurevilly	*La Vengeance d'une femme* précédé du *Dessous de cartes d'une partie de whist*
6285. Jules Michelet	*Jeanne d'Arc*
6286. Collectif	*Les écrivains engagent le débat. De Mirabeau à Malraux, 12 discours d'hommes de lettres à l'Assemblée nationale*
6319. Emmanuel Bove	*Bécon-les-Bruyères* suivi du *Retour de l'enfant*
6320. Dashiell Hammett	*Tulip*
6321. Stendhal	*L'abbesse de Castro*
6322. Marie-Catherine Hecquet	*Histoire d'une jeune fille sauvage trouvée dans les bois à l'âge de dix ans*
6323. Gustave Flaubert	*Le Dictionnaire des idées reçues*
6324. F. Scott Fitzgerald	*Le réconciliateur* suivi de *Gretchen au bois dormant*
6358. Sébastien Raizer	*Petit éloge du zen*
6359. Pef	*Petit éloge de lecteurs*
6360. Marcel Aymé	*Traversée de Paris*
6361. Virginia Woolf	*En compagnie de Mrs Dalloway*
6362. Fédor Dostoïevski	*Un petit héros*

Composition Nord compo
Impression Novoprint
à Barcelone, le 11 août 2017
Dépôt légal : août 2017

ISBN 978-2-07-273879-1. / Imprimé en Espagne

321303